Ina Raki

Wir sehen uns im Gestern

Ina Raki

Wir sehen uns im Gestern

Ina Raki schreibt für Jugendliche und Erwachsene.

Mehr zum Titel „Wir sehen uns im Gestern" sowie zu ihren anderen Büchern findet sich unter www.ina-raki.de. Auf dieser Website gibt es auch weiterführende Informationen zum Buch, hilfreiche Links, Kontakte zu Zeitzeug:innen und Wissenswertes rund um das Thema DDR.

„Wir sehen uns im Gestern" ist auch als eBook und Hörbuch erhältlich.

© 2021 Ina Raki

Autorin: Ina Raki
Umschlaggestaltung: Paula Huhle, www.paulula.de
Illustrationen Innenteil: Sofia Raki
Lektorat: Barbara Kohl
Satz: Sven Hofmann, www.svenhofmann.net

Verlag & Druck:
tredition GmbH, Halenreie 40-44, 22359 Hamburg

ISBN: 978-3-347-38232-9 (Paperback)
ISBN: 978-3-347-38233-6 (e-Book)

Bibliografische Information der Deutschen Nationalbibliothek:
Die Deutsche Nationalbibliothek verzeichnet diese Publikation in der Deutschen Nationalbibliografie; detaillierte bibliografische Daten sind im Internet über http://dnb.d-nb.de abrufbar.

Mein letzter Abend
als 13-Jährige!

Und der erste Eintrag in meinem neuen Tagebuch ...

Eben kam meine Mutter ins Zimmer, umarmte mich fest und gab mir ein kleines Päckchen.

»Mama, ich hab doch erst morgen Geburtstag«, meinte ich lachend.

»Ja. Aber das wollte ich dir vorher schon geben. Vielleicht hast du Spaß daran. Gute Nacht, Süße.« Mama verwuschelte meine Haare, was ich ausnahmsweise über mich ergehen ließ. Dann verließ sie mein Zimmer.

In dem Päckchen war ein wunderschönes neues Tagebuch. Dieses hier.

Ich habe mich heute schon den ganzen Nachmittag mit Tagebüchern befasst: mit denen von meiner Mutter, die sie geschrieben hat, als sie etwa so alt war wie ich jetzt. Eines davon hatte sie ›Nina‹ genannt (was ich ziemlich schräg finde).

Okay: Ich liebe meine Mutter, logisch. Aber manchmal kommt sie mir vor wie aus der Zeit gefallen. Und offensichtlich war sie das irgendwie schon mit 14 Jahren. Ich find das, was sie in den alten Büchern geschrieben hat, schon auch süß. Aber sie war so naiv und ahnungslos! Und im Grunde ist sie das heute manchmal noch ... als käme sie aus einer ganz anderen Welt.

Wir hatten diese alten Tagebücher vor einer Woche gefunden, weil meine Mutter mal wieder eine ihrer großartigen Ideen hatte, die sie ab und an überfallen: Sie wollte den Keller ›auf Vordermann bringen‹. Sorry, das ist ihre Wortwahl, nicht meine. Andere würden ›aufräumen‹ sagen.

Jedenfalls hatte sie erst einmal mehrere uralte Kisten aus dem Keller raufgeholt, um den Kram ›auszumisten‹, den sie nicht mehr brauchte. Die Tagebücher wären heiße Kandidaten für dieses Ausmisten gewesen. Sie waren so ungefähr 100 Jahre alt. Mama hatte sich aber schnell daran festgelesen, von Wegschmeißen war keine Rede mehr. Und pausenlos rief sie Tante Yvi an. Die beiden redeten jedes Mal ewig. Dauernd riefen sie: »Oh, Gott, weißt du noch?« Sie amüsierten sich über Storys zu ›erster Liebe‹ und ›Vati‹ so sehr, dass meine Mutter Tränen lachte. Manchmal weinte sie auch ein bisschen, wenn sie allein in den Tagebüchern las. Aber ich ließ mir nicht anmerken, dass ich das mitbekommen hatte. Ich wusste, es war ihr unangenehm. Für mich war es eigenartig, sie so zu sehen. Normalerweise versucht sie immer gut drauf zu sein. Ich habe sie zuvor fast nie weinen sehen. Obwohl sie sich oft und über viele Dinge Gedanken macht. Wie auch immer …

Als ich jetzt gerade noch mal in Mamas Tagebuch blättere, sehe ich plötzlich, dass da Seiten fehlen! Ja: Es wurden offensichtlich einige Male im Nachhinein Seiten rausgerissen. Ich sehe das Buch weiter durch: Da, Ende Mai, gibt es eine größere Lücke. Direkt neben einer Seite, die komplett schwarz übermalt ist. Nur in einer Ecke ein kleines grünes Herz …

Als ich das Tagebuch weiter durchschaue, sehe ich auch, dass Mama eine wahre Durchstreichkönigin war: Sie hat manche Zeilen so heftig übermalt, dass man absolut nicht mehr erahnt, was da mal stand. Mh, keine Ahnung, welche Infos aus ihrem packenden Leben sie als zu brisant einstufte, um sie der Nachwelt zu hinterlassen … Jedenfalls beschäftigt mich das mit der schwarzen Seite noch eine Weile. Morgen werde ich Mama danach fragen. Aber für heute bin ich doch müde genug, um endlich einzuschlafen …

Wo bin ich hier?

Dieses Aufwachen ist anders als sonst. Ich begreife eine ganze Zeit lang nicht, warum. Ich bin durch ein unbekanntes Geräusch geweckt worden.

Jemand hat an die Zimmertür geschlagen, eine barsche Männerstimme hat etwas gerufen. Draußen ist es stockfinster. Keine Ahnung, was hier abgeht. Und wo ist mein Handy? Meine suchenden Hände greifen ins Leere. Als sich meine Augen an die Dunkelheit gewöhnt haben, erkenne ich, dass mein Zimmer komplett anders aussieht als sonst.

Moment mal: Das ist gar nicht mein Zimmer!

Hallo, wo bin ich und wer ist da draußen?! Trotz der aufkommenden Panik erinnere ich mich an den gestrigen Abend – den Vorabend meines 14. Geburtstages. Genau der müsste also heute sein! Ich hatte vorm Einschlafen noch mal in diesem alten Tagebuch meiner Mutter gelesen. Vor allem aber konnte ich nicht einschlafen, weil ich schon so gespannt auf diesen Tag heute war! Und darauf, ob Tomek mir gratulieren und sich – endlich! – mit mir verabreden würde ... Und schließlich war ich über all diesen Gedanken und Mamas Bestseller aus dem letzten Jahrhundert eingeschlafen ...

Es poltert erneut an der Tür. *Wer ist das?!*

»Ich sag's dir jetzt zum letzten Mal, bist du aufgestanden?!«, brummt eine gereizte, tiefe Stimme.

»Ja!«, rufe ich reflexartig und rapple mich auf. Das heißt, ich versuche es, denn die Situation ist so abwegig, dass ich wahrscheinlich noch träume. Hallo, es ist *Samstag* (und nebenbei bemerkt: mein 14. Geburtstag! Bitte etwas Respekt da draußen)! Und selbst wenn es nicht so wäre: Wer sollte hier morgens so rumgrölen? Also Peter, mein Stiefvater, ist es schon mal nicht. Er würde mich nie so anmotzen, zum Geburtstag schon dreimal nicht.

Neben dem Bett steht ein alter Wecker, voll das Urviech, der zeigt 6:10 Uhr an. Spinnt der alte Schreihals da draußen? Ich könnte selbst an einem Schultag noch eine halbe Stunde liegen bleiben! Ich stolpere aus dem Bett und taste nach einem Lichtschalter. Eine Gänsehaut überzieht meinen Körper. Wieso ist es so kalt hier? Der Schein der alten Deckenlampe taucht alles in ein unwirkliches Licht: Bett, Schrank, da hinten ein Vorhang ... Alles sieht fremd aus. Zugleich auf eine eigenartige Weise vertraut, wenn ich darüber nachdenke. Woran erinnert es mich nur?

OH NEIN!

Mir wird eiskalt. Dann heiß. Dann wieder kalt. Und eisig bleibt es um mich herum, während mir die Erkenntnis wie ein glühend heißer Stromschlag durch den ganzen Körper schießt: Dieses Zimmer kenne ich! Es ist das Nähzimmer von Oma Gudrun. Nur ganz anders eingerichtetals sonst!

Panisch sehe ich an mir runter, dann zum Bett: Ich trage einen eigenartig flauschigen Schlafanzug. Auf dem Bett und überall sonst im Zimmer sehe ich nichts, was mir gehört. Nicht mal etwas, das ich auch nur annähernd kenne – bis auf zwei Dinge: das alte Tagebuch meiner Mutter (es sieht jetzt nur deutlich weniger abgegriffen aus als gestern Abend) und das neue Tagebuch, das sie mir geschenkt hat.

Okay, ganz langsam jetzt. Ich setze mich auf die Bettkante und atme tief durch: Das ist das Jugendzimmer meiner Mutter. Ist das eine ihrer crazy Ideen, mich zum Geburtstag zu überraschen – und sie hat das Zimmer umgeräumt oder so? Aber nein, das ist unmöglich! Wie sollte ich im Schlaf hierhergekommen sein, ohne etwas davon zu merken?!

Okay, dann bin ich in einer anderen Zeit gelandet. Ja, klar, als ob!

Das ist völlig unmöglich! Also träume ich. Ja, ich hatte öfter schon Träume, die sich so realistisch angefühlt haben wie dieser. Meist spielt dann zwar Tomek die Hauptrolle darin und nicht ich allein im Teenie-Zimmer meiner Mutter ... aber egal ...

Ganz ruhig jetzt!

Mich in die aufkommende Panik reinzusteigern, bringt mich sicher nicht weiter. Ich versuche betont ruhig und tief zu atmen und schaue mich genauer um. Kleiderschrank, Bücherregal, kleiner Tisch ... und eine Ecke des Zimmers ist durch einen Vorhang abgegrenzt. Dort finde ich ein Waschbecken mit Spiegel drüber, Handtücher, Haarbürste und all das. Okay, da muss man sich wohl wenigstens mit niemandem ums Bad prügeln und kann sich hier chillig fertig machen.

Ich stelle mich gleich mal in dieses private Mini-Bad. Als ich in den Spiegel über dem Waschbecken sehe, kippe ich fast um. Ich sehe nicht mich. Ich sehe meine Mutter. Und zwar offensichtlich auch als etwa 14-Jährige. Mit kurzen Haaren. Im Übrigen - das stelle ich jetzt erst mit riesigem Entsetzen fest! - befinde ich mich auch in einem Körper, der sich nicht im Mindesten so anfühlt (und auch nicht so aussieht), als wäre die 14-jährige Alina (also: *ICH*) darin. Der hier ist dünn und knochig - das bin ich gar nicht!

Oh. Mein. Gott.

Okay. Das hier ist ein *sehr* real wirkender Traum. Oder ich bin tatsächlich in die frühere Welt meiner Mutter und auch noch in deren früheren Körper geraten.

Ich verstehe es einfach nicht! Alles in mir steht still - ich weiß nicht, ob das Sekunden, Minuten oder Stunden dauert. Es müssen Sekunden gewesen sein, sonst wäre der Schreihals draußen sicher inzwischen explodiert.

Noch ein tiefes Ausatmen. Dann mache ich mir klar: Niemand kann mir jetzt beantworten, was passiert ist und warum. Aber ich werde es rausfinden. Und in dem Moment fällt mir etwas ein. Eigenartig, dass mich jetzt ein Spruch meiner Mutter rettet: »Tu so, als würde es nicht drauf ankommen.« Den Tipp hat sie mir schon ein paarmal gegeben, wenn es um Schule oder um Jungs ging. Für alle Angelegenheiten mit Jungs war das zwar bisher nicht gerade hilfreich. Aber bei Referaten und anderem Schulkram schon: Tu so, als würde es nicht drauf ankommen.

JA.

Einfach so tun, als wäre das hier ein Spiel, und darauf vertrauen, dass es gut ausgehen wird. Das tue ich jetzt. Ich entschließe mich in diesem Moment, zu spielen. Das hat mich wahrscheinlich gerettet bei allem, was nun folgt.

Schnell wasche ich mir das Gesicht. Das überraschend eisige Wasser lenkt mich ab, zumindest lässt meine Panik etwas nach. Ja, das Ganze macht mir auf einmal fast Spaß: Hey, es ist zwar nicht *DIE* Party zum 14. Geburtstag, die ich mir vorgestellt hatte – aber etwas Besonderes ist es auf jeden Fall. Irgendwann wird das alles vorbei sein und dann habe ich etwas wirklich Cooles zu erzählen!

Jetzt muss ich jedenfalls erst einmal versuchen, so genau wie möglich meine Mutter zu spielen, als sie 14 Jahre alt war. Falls ich das *nicht* hinbekomme, bringe ich womöglich etwas durcheinander, was dann die ganze Zukunft auf den Kopf stellt.

Also ziehe ich mich jetzt an, gehe da raus und tu so, als wäre ich Mama in ihrer damaligen Rolle. Das dürfte nicht allzu schwierig sein. Draußen rumort der Schreihals (ich vermute, es ist Opa Herbert, also Mamas Vater). Ich geb jetzt lieber mal Gas. Etwas in seiner Stimme sagt mir: Es wäre gut, ihn nicht zu reizen.

Anziehen, gut. Oder auch nicht gut. Denn ein Blick in den alten Kleiderschrank meiner jugendlichen Mutter treibt mir den kalten Schweiß auf die Stirn: Hallo?! Wer soll das bitte anziehen? Ja: ich. Und zwar jetzt gleich. Ganz toll.

Ich suche mir einen Rock aus, dessen Stoff wohl an Jeans erinnern soll, und ein T-Shirt (Mama nennt so etwas in ihrem Tagebuch ›Nicki‹). Dazu eine Strumpfhose, die ausgesprochen retro wirkt – und Unterwäsche, über die ich hier echt nichts schreiben will. Ähnlich schick wie der Flanellanzug, von dem ich mich jetzt erst mal trenne.

Dann stolpere ich aus dem Zimmer, denn ich muss dringend auf Toilette. Ich öffne leise die nächste Tür, gleich neben Omas Nähzimmer – oder besser gesagt, Mamas früherem Zimmer. Nachdem ich mir die Hände gewaschen hab, seh ich mich noch mal kritisch im Spiegel an. Große erstaunte Augen, kindliches Gesicht. Ja, so muss Mama damals ausgesehen haben. Ich konnte kein Schminkzeug finden. Vielleicht grabe ich später noch etwas aus. Fühlt sich eigenartig an, ohne Wimperntusche loszuziehen. Und meine Pickel konnte ich auch nicht übermalen. Drei kleinere hab ich entdeckt. Ich tröste mich damit, dass ich quasi nicht ich selbst bin, sondern so etwas wie eine Schauspielerin. Das erhöht den Spaß beträchtlich. Außerdem habe ich als jugendliche Version meiner Mama schöne lange Wimpern. Dafür leider feine, dünne Haare. Und diese Frisur ... Wenn es wenigstens ein cooler Kurzhaarschnitt wäre! Ich vermisse meine tolle Mähne. Aber daran ist jetzt gerade nichts zu ändern.

Los geht's, den Geräuschen nach: gedämpftes Reden, Husten, leise klirrt Geschirr aneinander ... Ich atme tief durch, drücke die Türklinke herunter und stehe in der Küche.

Am Tisch sitzt Opa Herbert (alias ›Vati‹, wie ich mir gerade klarmache). *Oh mein Gott.* Ich brauche bestimmt eine Weile, um mich daran zu gewöhnen, ihn in einer Version vor mir zu haben, die viel, viel jünger ist als der Opa, den ich kenne. Die monströsen Elvis-Koteletten, die er hier trägt, lassen ihn noch fremder wirken. Oma Gudrun (also Mamas

›Mutti‹) hat in dieser schrägen Traumwelt eine schwarze Turmfrisur, die fast an die von Marge Simpson heranreicht. Sie wirkt angespannt.

Komisch, normalerweise nehme ich andere nicht auf die Art wahr wie jetzt eben die beiden. Wirkt Mama morgens angespannt oder gestresst? Keine Ahnung.

Oma Gudrun (hier also Mutti) lächelt mich an: »Alles Gute, Anschi.« Richtig: Mama heißt ja Antje!

Die jüngere Version von Oma Gudrun umarmt mich. Über ihre Schulter hinweg fällt mein Blick auf einen vorsintflutlichen Abreißkalender.

 In diesem Moment dämmert es mir endgültig: *Ich bin von meinem auf Mamas 14. Geburtstag geswitcht!* Das erklärt auch das erschreckend lebensfremde Ambiente hier. Ich bin nicht nur im vergangenen Jahrhundert gelandet (was schon strange genug wäre!), sondern noch dazu auf der hinterwäldlerischen Seite Deutschlands. Mama stammt aus Sachsen. Aus einem langweiligen kleinen Nest namens Hohnberg. Und das gehörte 1984 noch zur DDR.

Opa Herbert alias Vati nickt mir nun ebenfalls zu, murmelt auch etwas wie »alles Gute« und streichelt mir kurz über den Unterarm.

Dann schaut Oma Gudrun beziehungsweise Mutti mich skeptisch an. »Willst du nicht lieber deine schöne Bluse anziehen? Das Nicki ist doch eher etwas für nachmittags.«

Keine Ahnung, was Mama in dieser Situation tun würde, ich gebe direkt auf. Genervt gehe ich wieder in mein - oder besser in Mamas - Zimmer und mache mich auf die Suche nach der ›schönen Bluse‹. Damit kann nur die hier gemeint sein: grobe Baumwolle mit verwaschenem Blümchenmuster. Seufzend ziehe ich sie an. Und wieder zurück in die Küche.

»Deine Geschenke sind im Wohnzimmer, wie immer. Sie werden dir gefallen«, sagt Oma Gudrun – Mutti – und zwinkert mir zu. Ach, tatsächlich? Nachdem ich hier bisher nichts ausmachen kann, was auch nur ein bisschen cool ist (Klamotten zum Beispiel), lässt mich die Ankündigung landestypischer Geschenke jetzt nicht gerade vor Freude ausrasten.

Ich soll recht behalten: Zumindest sind die Geschenke nett verpackt – mit viel Schleifenband und ganz ohne Tesa. Aber was da drin ist! Furchtbar! Ein Kleid aus einem komischen Stoff, der so wirkt, als würde er sich elektrisch aufbäumen, sobald man drei Schritte in dem Teil gegangen ist. Unfassbar hässliche Shorts (die werde ich sicher niemals tragen!). Sandalen (aus Plastik oder sowas?) – und ein hässliches T-Shirt in Schlammgrau. Außerdem ein Buch, dessen Titel *Königin Margot* mir absolut nichts sagt. Es sieht den Büchern aus der uninteressanten Ecke im Regal meiner (erwachsenen!) Mutter verdammt ähnlich. Sie war offensichtlich schon mit 14 ein eigenartiger Lesenerd. Außerdem gibt es noch Pralinen – und eine Topfpflanze. Darüber soll ich mich jetzt freuen? Ohne Worte.

Kurz darauf sitze ich wieder am Tisch und kaue etwas Undefinierbares. Dabei fällt mir auf: Hier fehlt doch jemand? Genau: Wo ist eigentlich Mamas ältere Schwester, also meine Tante Yvi? Klar, jetzt dämmert's mir. Die war vermutlich zu der Zeit schon dabei, ihr Abi zu machen. Wenn ich mich richtig erinnere, lief das bei denen damals so, dass das an so einer Art Spezialschule stattfand. Richtig: EOS hieß die. Und Yvi musste dafür in die nächste Kleinstadt fahren. Ich bin nicht sicher, wie hieß die Stadt noch mal? Wöbern oder so. Mama hat später dort auch ihre Ausbildung gemacht.

Vermutlich ist Yvi also schon um Mitternacht gestartet, um etwa zehn Kilometer weit zu fahren und rechtzeitig um sieben Uhr früh an der Schule anzukommen. Ich erinnere mich zumindest dunkel, dass Mama und Tante Yvi schon mehrmals solche Schreckensszenarien beschrieben haben. Sie jammern heute noch über das frühe Aufstehen damals.

Nach dem Frühstück steht die nächste Herausforderung an: Wo ist die Schule und wie komme ich da hin? Mamas beste Schulfreundin war meines Wissens eine Britt. Sind die morgens immer zusammen zur Schule gegangen? Sind sie gefahren? Und womit? Keine Ahnung! Zum Glück fällt mir in dem Moment ein, dass im Tagebuch meiner Mutter ein Foto von ihrer Klasse war. Sie hat (typisch für Mama und ihre umständliche Art!) die Namen aller Personen gut geordnet unter das Bild geschrieben.

»Ich geh kurz Zähne putzen«, nuschle ich und renne schnell noch mal in mein Zimmer – oder besser in Mamas altes Zimmer, um das Foto der 8. Klasse im alten Tagebuch genauer anzusehen. Aha, das hier muss Britt sein. Kurze blonde Locken, freundliches Lachen. Und der schräg hinter Mama steht, ist Steffen. Der Typ, auf den Mama damals stand, das hat sie mir auch mal lachend erzählt ...

Da habe ich eine geniale Idee, ich bin richtig stolz auf mich: Ich könnte jetzt schon mal lesen, was Mama zum heutigen Tag in ihr Tagebuch geschrieben hat! Dann könnte ich mich ein klein wenig auf die nächsten Stunden vorbereiten.

Doch als ich nun nach dem Eintrag für heute fahnde, trifft mich gleich der nächste Schlag. Die Einträge im Tagebuch enden ... genau: gestern!! Das Buch ist tagesaktuell. Es wird mir also keine Notizen über zukünftige Ereignisse präsentieren. Okay. Ich muss dann wohl mit vollem Risiko in den ungewissen Tag in einer völlig fremden Welt starten.

MIST.

So, da bin ich wieder. Mein Schultag heute lief überraschend easy. Bis auf ein paar winzige Pannen, aber die konnte ich geschickt überspielen. Bin gerade ziemlich stolz auf mich!

Ich traf Britt tatsächlich direkt vor der Haustür. Und ich glaube, sie hat mich wirklich den ganzen Tag für Antje gehalten. Sehr cool!

Aber jetzt mal der ganze Tag von vorn: Britt und ich laufen zur Schule, nachdem sie mir freudig zum Geburtstag gratuliert und ein kleines Päckchen in die Hand gedrückt hat. Ich öffne es unter ihren erwartungsvollen Blicken und hole ein Kettchen mit einem kleinen Stern als Anhänger raus. Nichts, was mich jetzt umhaut, aber ich kann es ja mal anlegen und so tun, als fänd ich es gut. Das mache ich dann auch und Britt lacht übers ganze Gesicht. Die ist wirklich nett! Ich weiß nicht, wie ich den Tag ohne sie geschafft hätte.

Da Britt zum Glück gern und viel redet, fällt nicht auf, dass ich fast nichts sage, sondern versuche, sie ein bisschen auszuhorchen. Natürlich nur, um einen Plan für mein Verhalten zu entwerfen. Gleichzeitig muss ich mir den Schulweg einprägen.

In der Schule angekommen treffen wir auf dem Schulhof auf vier weitere Mädchen aus der Klasse, offensichtlich Mamas damalige Freundinnen. Jetzt eben habe ich sie anhand des Tagebuchs eindeutig als Nadine, Ines, Claudia und Christine identifiziert. Dafür musste ich das Klassenfoto im Tagebuch genauer anschauen, denn im Alltag reden die Leute sich gar nicht so oft mit den Vornamen an. Das ist mir bisher nie so aufgefallen. Leider habe ich die vier heute eher links liegen lassen, weil ich nicht wusste, wie eng Mama mit jeder von denen befreundet war. Das ist echt schwierig! Ich hoffe, keine von ihnen ist beleidigt oder verletzt.

Mich hat sowieso erst mal die Schuloptik dezent aus dem Konzept gebracht: Die Gänge sind mit irgendwelchen Wimpeln und so Zeug geschmückt, dann noch eine Art Pinnwand mit langweiligen Sprüchen drauf ... und gleich am Eingang hängt auch noch ein Bild von einem alten Typen. Später stelle ich fest, dass das Honecker ist. Das ist der Typ, der hier nicht nur ›die Partei‹, sondern offensichtlich das ganze Land leitet. Alle finden ihn doof, was aber keiner so richtig sagen darf. Das weiß ich zum Glück alles schon aus Erzählungen meiner Mutter. Sonst hätte ich mich womöglich gleich verdächtig gemacht und über irgendwas abgelästert. Aber nachdem ich ja wenigstens ein bisschen durch ihre Berichte und Anekdoten vorgewarnt bin, halte ich lieber die Klappe. Bevor ich noch Witze reiße, durch die meine Tarnung auffliegt. Von Tante Yvi weiß ich zwar, dass Mama auch in ihrer Jugend schon mit unangepasstem (und vermutlich unbeabsichtigtem) Humor glänzte, der ab und an unter einer schüchternen Oberfläche aufblitzte, aber ich muss es ja nicht gleich übertreiben.

Das Anpassen ist doch nicht ganz so einfach, denn leider laufe ich etwas orientierungslos durch die Gegend. Gleich am Morgen in der Klasse halte ich beispielsweise vor der falschen Bank an und will mich schon setzen (aus Reflex auf den Platz, auf dem ich in meinem heutigen Schulleben sitze), merke aber zum Glück noch rechtzeitig, dass Britt weiterläuft. Ich eile ihr nach: Richtig geraten, ich sitze neben ihr. Nachdem ich bei solch kleinen Patzern dank meiner angeborenen Cleverness immer gerade noch die Kurve bekomme, tut sich leider völlig überraschend ein neues Problem auf: Meine Mutter war wohl so was wie 'ne Streberin ohne eigenes Zutun. Also ein Genie, was die Schule angeht. Sie stand beinahe überall auf Eins, ohne dafür lernen zu müssen. Das ist an sich schon furchtbar. Noch schlimmer ist aber, dass ich das jetzt auch hinkriegen muss. Eine plötzliche Phase von schlechten Noten würde auffallen. Ich versuche, das flaue Gefühl im Bauch zu ignorieren und nicht zu genau darüber nachzudenken. Irgendwie wird sich das alles lösen lassen!

Heute haben wir zwei Stunden Mathe, zwei Deutsch, dann noch Musik und Geografie. Zumindest ein Fazit kann ich schnell ziehen: Die meisten

Lehrer sind genauso nervig und langweilig, wie sie es heute und vermutlich auch in 100 Jahren noch sind.

Nach der vierten Stunde ist große Pause. Wir gehen erst zum Mittagessen und dann auf den Schulhof. Das Essen bekommen wir in einem riesigen Raum im Untergeschoss. Wir stehen Schlange. Ich frag mich, wofür, denn das Essen ist ungelogen grausam! Zu Hause (also zu Hause in meinem wahren Leben, in einer Zeit, von der hier in Steinzeithausen niemand auch nur den Hauch einer Ahnung hat!) würde ich mich dafür ganz sicher nirgendwo anstellen. Durch die ganze Aufregung heute habe ich mittags aber langsam Hunger. Außerdem würde es vermutlich auffallen, wenn Anschi das ›schmackhafte‹ Essen verschmähen würde.

Es gibt Linsensuppe. Igitt. Ich hasse Linsen, Erbsen und all diese kugeligen Mini-Gemüse. Doch ich hocke brav mit den anderen an langen hellgrauen Tischen und löffele die Suppe aus.

Dann geht es auf den Schulhof: altmodisch, grau, auf eine farblose Art ruhig. Ich mag die riesigen Bäume hier. Im Sommer ist es hier wahrscheinlich ganz schön. Doch im Moment pfeift mir der Wind um die Ohren. Für März ist es unfassbar eisig (so ungefähr um null Grad) und unfreundlich. Oder kommt es mir nur so kalt vor, weil ich hier alles insgesamt ziemlich deprimierend finde? Na ja, egal.

Steffen kann ich auch identifizieren, das ist nicht schwer. Tatsächlich steht er total auf Antje, was Mama aber natürlich damals nicht mitbekommen hat. Noch heute ist sie davon überzeugt, dass Steffen ihre Schwärmerei für ihn nicht bemerkt hat, sondern nur ›freundschaftlich‹ an ihr interessiert war. Als ob! Er starrt sie die ganze Zeit an. Es ist mir ein Rätsel, wie man das nicht mitbekommen kann. Okay, wie auch immer. Ich werde mich einfach wie Mama in ihrer Jugend verhalten. Also so, als würde ich schlichtweg *gar nichts* peilen. Eine schauspielerische Leistung, die momentan nicht allzu schwierig ist.

So wird mir auch Steffen nicht gefährlich. Denn falls ich richtig informiert bin, kam es nie zu einem Kuss oder gar zu mehr. Also werde ich als ›ahnungslose Anschi‹ nichts zu befürchten haben.

Leider geht der Tag nicht so unkompliziert weiter! Nachmittags gibt es zu Hause Stress. Meine Urgroßeltern (also Mamas Großeltern, die Eltern von Opa Herbert) laufen auf. Hier werden sie die ›Zumer Großeltern‹ genannt. Sie wohnen nämlich in Zumwitz, einem Mini-Kaff ganz in der Nähe. Und niemand hat Lust, endlose Begriffe wie ›die Zumwitzer Großeltern‹ bis zu Ende zu sprechen.

Jedenfalls streiten auf einmal alle miteinander – und ich kriege überhaupt nicht mit, worum es eigentlich geht. Der einzige Vorteil: Niemand achtet auf mich und ob ich mich als Antje anders als sonst verhalte.

Opa Herbert geht richtig ab. Warum wird der so wütend? Es ist immer wieder von einer Beate und einer Künstlergruppe die Rede. Opa Herbert kann ich mir jetzt extrem schlecht in einer Künstlergruppe vorstellen. Es sei denn, man legt das sehr großzügig aus und er mimt dort den Elvis-Imitator. Also muss das Thema ›Künstlergruppe‹ etwas mit dieser Beate zu tun haben – die wohl Opa Herberts Schwester ist, zumindest so viel dämmert mir irgendwann. Was alles sehr rätselhaft ist, denn ich habe in meinem richtigen Leben als Alina *nie* mitbekommen, dass es eine Beate in unserer Familie gibt! Nicht mal, dass Opa Herbert überhaupt eine Schwester hat. Aber vermutlich wird sich das in den nächsten Tagen irgendwie aufklären.

Falls ich überhaupt mehrere Tage hier bin. Ich hab es heute schon anstrengend genug gefunden, selbst wenn die meisten, die ich so getroffen habe, mir aus dem Tagebuch einigermaßen ›bekannt‹ vorkamen. Neue Leute, wie etwa eine rätselhafte Tante, die ich gar nicht einsortieren kann, brauche ich hier in Vorsintfluthausen wirklich nicht auch noch!

Aber Moment mal, da fällt mir was ein. Ich glaube, in Mamas altem Tagebuch stand doch etwas von einer Tante Beate! Oder? Ich bin mir nicht sicher, weil mich die Erwähnung irgendwelcher Tanten nicht so krass interessiert hat. Oder stand da gar nichts, sondern ich bilde mir das gerade nur ein? Keine Ahnung, ich bin zu erschöpft, um weiter nachzudenken!

Während ich so dasitze und noch mal durch Mamas Tagebuch blättere, sehe ich etwas, das ... na ja ... gespenstisch ist?! Auf einmal steht hier ein Eintrag, der heute früh noch nicht da war! Etwa so, als hätte Mama jetzt eben was in ihr Tagebuch geschrieben.

Montag, der 19. März 1984

Mein 14. Geburtstag

Heute habe ich Geburtstag. Nun ist schon Abend und ich will nur noch eine kurze Notiz verfassen.

Als ich aufgestanden war, lagen im Wohnzimmer schon die Geschenke: ein Kleid, eine kurze Hose, Badesandalen und ein Nicki. Außerdem das Buch Königin Margot von Alexandre Dumas, ein Kasten Pralinen und ein Alpenveilchen.

In der Schule gratulierten mir natürlich alle meine Freundinnen. Steffen schaute nur zu mir rüber, sagte aber nichts.

Zu Hause war es dann kurz ein bißchen unangenehm: Die Zumer Großeltern kamen überraschend vorbei. Ich glaube, Mutti hatte das eingefädelt, weil sie wollte, daß Vati endlich wieder mit seinen Eltern redet. Jedenfalls gab es am Ende einen Riesenstreit, bei dem sich alle anschrien. Ich hasse das. Am Schluß wurde schweigsam und in bedrückender Atmosphäre das Essen eingenommen. Nach dem Kaffeetrinken (bei dem es die leckere Schneewittchentorte gab, meinen Lieblingskuchen) konnten Yvi und ich uns zum Glück vom Familientisch entfernen.

Den Rest des Tages verbrachten wir beide in Yvis Zimmer. Das war dann noch ganz schön, weil Yvi versuchte, mich aufzuheitern. Sie erzählte mir eine Geschichte, die sie einfach so für mich erfunden hat. In der ist von einem Zauberbuch die Rede, das ich nur aufschlagen muss, dann kann ich mich da hinwünschen, wohin ich will. Yvi hat immer so tolle Ideen. Kein Wunder, daß sie so gut mit Beate auskommt. Die ist auch immer so witzig und schlägt dauernd Dinge vor, die ganz neu und ungewöhnlich sind. Zumindest das Talent zum Malen scheine ich mit beiden zu teilen.

Ich weiß nicht, warum Vati dauernd solche Streitereien mit seinen Eltern und seiner Schwester hat. Ich hoffe wirklich, mir wird es später mit Yvi einmal nicht so gehen.

Noch etwas Trauriges ist passiert: Seit vorgestern ist Schnurz verschwunden. Ich weiß nicht, wo er ist. Hoffentlich ist ihm nichts Schlimmes passiert, so wie Purzel im vergangenen Jahr.

PS: Ja, das hatte ich wegen des Beate-Schocks und der ganzen anderen Nervereien völlig verdrängt – der Kuchen war wirklich *LECKER!*

PPS: Aha! Hier steht also doch etwas von einer Tante Beate!

PPPS: Okay, ich denk einfach gar nicht weiter über dieses ganze Dilemma nach. Vielleicht geh ich jetzt ins Bett, wache morgen auf – und bin wieder in meinem ganz normalen Zuhause. Und kann endlich, endlich, endlich meinen eigenen Geburtstag in meinem richtigen und coolen Leben feiern!

Ich flirte mich durch die Steinzeit

Okay, das hat nicht geklappt. Ich bin immer noch hier.

Also auf ein Neues! Gleiches Frühstück wie gestern: Es gibt belegte Brote, die hier Schnitten heißen. Oder Bemmen. Hier haben alle einen heftigen Opa-Herbert-Slang drauf. Klar, wir sind ja auch im tiefsten Sachsen.

Zum Glück frühstückt heute Yvi mit mir, bevor sie mit ihrem Moped Marke Simson nach Wöbern fährt. Dass sie gestern nicht da war, lag nur daran, dass sie am Sonntagabend bei einer Schulfreundin in Wöbern übernachtet und dort gemeinsam mit der für die Schule gelernt hat. Mit Yvi zusammen ist jedenfalls alles viel cooler, sogar früh am Morgen schon!

Meine Stimmung wird nur getrübt, weil ich gestern etwas Bedrohliches im Streber-Hausaufgabenheft meiner Mutter entdecken musste. Das war, als ich abends noch den Ranzen gepackt hab. Ich glaub es selbst nicht, dass ich einen Ranzen trage! Mit 14! Hier scheint kein Mensch zu begreifen, dass man in dem Alter zwingend einen Schulrucksack lässig über einer Schulter trägt, oder eine Tasche … Aber diesen Schock hab ich gestern schon ausgestanden und laufe jetzt so babymäßig wie alle anderen durch die Gegend. Jedenfalls habe ich beim Packen ebendieses Ranzens im Hausaufgabenheft gelesen, dass wir heute *Russisch* haben! Daraufhin habe ich kurz ins Russischbuch geschaut. Aber weil die das offensichtlich schon eine Zeit lang auf dem Stundenplan haben und entsprechend weit vorangekommen sind (im Gegensatz zu allen anderen Lebensbereichen – ich sage nur: Klamotten!), hatte ich nicht die geringste

Chance, etwas zu begreifen. Außerdem waren in dem Buch jede Menge ... äh ... kyrillische Buchstaben heißen die, glaube ich.

Я не знаю

Mit diesen nicht lesbaren Zeichen geht der Schultag jetzt auch prompt los. Russisch gibt Frau Schmidt, die auch unsere Klassenlehrerin ist, wenn ich das richtig verstanden habe. Und, total krass, irgendwie muss in meinem Kopf jemand anders die Regie übernommen haben. Jedenfalls begreife ich überraschenderweise doch immer wieder mal etwas. Ich kann sogar einmal einige Worte aussprechen, als ich gefragt werde (gut, vorher konnte ich zweimal nichts antworten, was die Lehrerin ziemlich verstörte). Da läuft definitiv eine Art Autopilot, denn ich habe noch nie in meinem Leben Russisch gesprochen! Trotzdem ist sicher, dass ich Mamas Einser nicht unbeschadet retten werde, es sei denn, ich bin morgen schon wieder in mein wahres Leben zurückgebeamt und muss sie *nie wieder* in einer Russischstunde ›vertreten‹. Jede Note, die ich hier in Russisch bekommen könnte, würde zwangsläufig das Leben aus den Angeln heben, denn Mama hatte meines Wissens nie 4er oder 5er. Deshalb weiß sie offensichtlich auch nicht, wie sich das anfühlt, und macht mich bei jeder schlechten Note mit endlosen Vorträgen fertig. Allein dafür hätte sie eigentlich verdient, am Ende der 8. Klasse eine 4 oder 5 im Zeugnis zu haben! Was toll ist: 6er gab es während Mamas Schulzeit hier im alten Osten gar nicht. Endlich mal eine geniale Erfindung, denn das bedeutet ja, es gibt eine Möglichkeit weniger, schlecht abzuschneiden.

Die Russischstunde geht schließlich doch zu Ende. Ich komme mir danach so vor, als wäre mein tolles Ost-Outfit total durchgeschwitzt. Heute handelt es sich um eine Wisent-Jeans. Dank ihres abnormen Materials widersteht sie jeder menschlichen Bewegung erfolgreich, sodass man sich irre elegant darin bewegt. Dazu trage ich ein dunkelblaues Nicki und eine ebenfalls blaue Strickjacke. Ich bin damit heute, wie Oma Gudrun sagen würde, ›flott‹ angezogen. Immerhin hab ich wenigstens die weißen Stoffturnschuhe an, die entfernt an Sneaker erinnern. Ich bin in denen hinter Oma Gudruns Rücken aus dem Haus geschlichen.

Zum Glück sneaky genug, um unbemerkt zu bleiben. Sonst hätte sie mich wahrscheinlich gezwungen, die Winterschuhe anzuziehen. Das Vergnügen hatte ich gestern schon – die sehen extrem hässlich aus! Um den todschicken hellblauen Anorak kam ich leider nicht herum. Den hab ich aber in der Schule gleich in eine Garderobe gestopft, als würde er nicht zu mir gehören.

Aber zurück zu Russisch: Frau Schmidt schaut mich mehrmals so aufmerksam an, dass ich einen Herzschlag lang befürchte, sie wird gleich sagen: »Aber du bist doch gar nicht Antje!«

Wahrscheinlich sieht sie mich aber nur so an, weil ich als Antje so ungewohnt abgelost habe und zweimal gar nicht antworten konnte.

»Na, alles klar, Antje? Heute ist nicht dein Tag, oder?«, meint sie.

Dann geht's weiter mit Deutsch. Für die superaktive, winzige Lehrerin ist meine Mutter offensichtlich auch sowas wie eine Lieblingsschülerin gewesen. Jedenfalls werde ich von der dauernd vollgelabert.

Dann kommt der Höhepunkt: StaBü. Irgendwann begreife ich beim Blick auf das StaBü-Buch, dass das *Staatsbürgerkunde* heißen soll. Die Lehrerin, die wir in dem Fach haben, ist mit Abstand die schrecklichste, die ich heute und gestern an dieser Schule gesehen hab! Eine Frau Müller. Sie hockt wie eine lauernde Kröte vorn am Pult. Die Stunde ist so langweilig, dass ich fast einnicke. Ich wage jedoch nicht, mich völlig abzuschalten, da ich nicht weiß, was ›Trulla‹ (so wird die Müller offenbar von allen genannt) dann tun wird. Es geht etwas Bedrohliches von ihr aus, obwohl sie immer so grinst, als wäre alles bestens. Vielleicht habe ich aber auch nur tief in meinem Inneren etwas abgespeichert, was meine Mutter mir irgendwann mal zu StaBü und Politik in der DDR erzählt hat. Oder eine genetische Angst-Programmierung (auch die natürlich von Mama geerbt, von wem sonst!) schlägt in mir Alarm.

StaBü ist so ein langweiliger Mist! Trulla erzählt irgendwas über Politik und Wirtschaft. Die anderen in der Klasse finden sie aber wohl nicht besonders bedrohlich oder furchterregend. Es fliegen die ganze Zeit Zettel. Und es kommt, was kommen muss: Ich alias Antje bekomme auch einen.

Mit einem leisen Plopp landet ein zusammengefaltetes Papierchen vor mir, das ich lässig an mich nehme und unter der Bank öffne. Britt – die, soweit ich das bisher einschätzen kann, wohl in allen Fächer neben mir sitzt – zwinkert mir verschwörerisch zu.

Kommst du am Sonnabend mit ins Kino?

Kein Absender, aber es ist sonnenklar, von wem das stammt. Zum Glück habe ich das noch aus Mamas Tagebuch in Erinnerung behalten. Irgendwann war da tatsächlich Kino mit Steffen angesagt gewesen. Also bestätige ich cool:

Klar! Wann geht's los?

Ich werfe den Zettel zurück und kurz darauf antwortet Steffen:

Ich hol dich um 3 ab.

Der Rest der StaBü-Stunde vergeht, während Britt unruhig rumrutscht (sie ist aufgeregter als ich wegen der Zettelschreiberei mit Steffen!) und ich verstohlene Blicke mit Steffen tausche. Dabei bin ich von verschiedenen Gefühlen beherrscht: Einerseits bin ich als Schauspielerin hier verpflichtet, alles möglichst überzeugend zu spielen. Andererseits wird mir gerade klar, dass ich bestimmte Sachen ganz sicher nicht spielen kann – und will! Außerdem sehne ich mich auf einmal sehr, sehr, sehr nach Tomek. Hoffentlich verpasse ich nichts in meinem wahren Leben, während ich hier in der Steinzeit sitze und pflichtgemäß flirte. Nur damit die Lebensläufe von Mama und mir nicht durcheinandergebracht werden. Ich kann es nicht fassen!

Dann gibt es Mathe, gewohnt langweilig, egal ob in meiner Welt oder in der damaligen von Mama.

Aber danach ein Lichtblick: zwei Stunden Zeichnen (so nennen die hier den Kunstunterricht) bei Herrn Beyer. Und Kunst macht wirklich Spaß! Liegt wohl doch immer auch alles ein bisschen am Lehrer ... Wir zeichnen alle still vor uns hin. Der Unterricht hier ist sowieso viel ruhiger, als ich das gewöhnt bin. Und ich glaub nicht, dass das nur daran liegt, dass die Klasse viel kleiner ist als bei mir zu Hause.

Das Thema in dieser Stunde ist *Selbstporträt*. Was in meinem derzeitigen Zustand eine ziemliche Herausforderung ist, weil ich mich so, wie ich derzeit aussehe, ja erst seit gestern kenne!

Aber wenigstens habe ich dabei genug Zeit, mir den Kopf darüber zu zerbrechen, was *Kiga-Sport* sein könnte. Den Eintrag habe ich im Hausaufgabenheft von Mama gefunden. Das Event findet wohl immer dienstags zwischen 15 und 16 Uhr statt. Über meinem Selbstporträt mit dem Titel ›Ich-als-jemand-anderes-in-einer-völlig-absurden-Urzeitwelt‹ schaffe ich es nicht, dieses Rätsel zu knacken.

Danach haben wir Technisches Zeichnen – eine Explosion der Langeweile! Wir müssen Grund- und Aufrisse von diversen Metallteilen zeichnen. Aber wenigstens informiert mich Britt dabei unabsichtlich zum rätselhaften Nachmittagsevent. Sie jammert nämlich etwa zehn Minuten lang leise rum, dass sie heute keinen Bock auf die nervigen Kindergartenkinder und auf Frau Nocker hat. Die sei letzte Woche total unfair gewesen, weil sie Britt so blöd belegt hätte. Nach einigem Grübeln vermute ich, dass ›belegen‹ die ostdeutsche Version der 8oer für anmotzen oder dumm anquatschen sein könnte.

Sicher würde Britt noch weiter herumjammern, aber Herr Seitz, dessen Koteletten fast denen von Opa Herbert Konkurrenz machen können, bringt sie durch einen (!) strafenden Blick zum Schweigen.

Jedenfalls bin ich jetzt schlauer. Britts Gejammer entnehme ich, dass wir nach Unterrichtsschluss noch das Vergnügen haben werden, als eine Art Aushilfslehrerinnen unter dem Kommando von einer Frau Nocker mit einer Herde aufgedrehter Kindergarten-Kids rumzusporteln.

Langsam erhärtet sich der Verdacht, dass meine Mutter sich schon als 14-Jährige für jeden Mist freiwillig gemeldet hat, den niemand sonst machen wollte.

Als wir nach dem Unterricht im Eingang des Schulhauses stehen (vorher waren wir zehn Minuten draußen auf dem Hof, aber die Kälte hier hält ja kein Mensch aus), kommt ein Typ vorbei. Rote Locken, knallblaue Augen, schlaksige Gestalt.

»Tom ...!«

Ich schaffe es gerade noch, meinen unwillkürlichen Aufschrei in einen Hustenanfall umzuwandeln. Ich röhre laut herum, was so bedrohlich klingt, dass Britt und das Tomek-Double mich mit zweifelnden Blicken bedenken.

Mann, bin ich blöd! Natürlich ist Tomek nicht hier. Aber dass der Typ ihm so ähnlich sieht ... Sehnsüchtig schaue ich ihm nach. Wie gern ich jetzt bei *meinem* Tomek wäre!

Britt lacht zögernd. »Und ich dachte, du schwärmst nur für Steffen.«

»Ich will doch nichts von dem Typen da!« Ich blicke sie mit gut gespielter Empörung an.

»Na ja, Axel ist ja sowieso schon in der Zehnten, der würde sich wahrscheinlich nicht für jemanden wie dich oder mich interessieren.«

Mh, ich kann ihr kaum widersprechen. *Leider!* Wir sehen beide – wenn man es nett formulieren will – eher noch kindlich aus. Und die unmöglichen Klamotten, die wir wie alle hier tragen, pimpen unsere sowieso schon mittelmäßige Optik auch nicht gerade auf. Wenn ich uns beide so ansehe: Wir würden glatt als harmlose Sechstklässlerinnen durchgehen.

Auch die Kindergarten-Kids, auf die wir am Nachmittag treffen, scheinen uns nicht sonderlich ernst zu nehmen. Diese Frau Nocker lässt uns Bänke und Barren durch die Gegend schieben. Dann müssen wir an verschiedenen Stationen die vorlauten Minis beaufsichtigen. Nach einer Stunde bin ich völlig fertig.

Zum Glück ist der Abend halbwegs ruhig. Ich esse mit Mutti und Vati Abendbrot (werde die beiden ab sofort hier im Tagebuch nicht mehr Oma Gudrun und Opa Herbert nennen, weil mir heute beim Abendessen fast ›Opa Herbert‹ rausgerutscht wäre! Das wäre ziemlich auffällig gewesen. Ich muss mich daran gewöhnen, sie Mutti und Vati zu rufen, für den worst case, dass ich die nächsten paar Tage doch noch hier bin).

Sollte ich jemals wieder in meinem wirklichen Leben ankommen, werde ich Mama soooo dankbar sein, dass sie abends immer für mich kocht. Das ist hier anders: Da Mutti ja weiß, dass ich mittags immer schon ›lecker‹ in der Schule esse, gibt es abends nur langweilig belegte Brote (aka Bemmen). Dazu Gemüse, was sowieso nicht zu meinen kulinarischen Favoriten zählt. Und diese winzigen, superscharfen Radieschen oder Schnittlauch und Petersilie, die Mutti in kleinen Töpfen auf der Fensterbank zieht, lassen Rucola, Tomaten und Paprikastreifen, die Mama mir in meinem wirklichen Leben (meist vergebens) aufzudrängen versucht, fast schon verführerisch wirken. Möglicherweise esse ich ja doch mal etwas davon, sobald ich wieder zu Hause gelandet bin. *Was ganz sicher sehr bald geschehen wird!*

Nach ein bisschen Smalltalk mit Vati und Mutti gehe ich in mein Zimmer. Erst jetzt gerade, sehr spät abends, höre ich Yvi nach Hause kommen.

Mama scheint übrigens der Anblick von Axel (so heißt ja das Tomek-Double) nicht sonderlich beeindruckt zu haben, denn ich finde in ihrem Tagebuch keinen Eintrag für heute. Na ja, vielleicht hat sie eben da einfach mal nichts reingeschrieben. Oder erst ganz, ganz spät (heimlich, während Opa Herbert dachte, sie schläft schon seit 19 Uhr – oh là là, ganz schön gewagt!).

Oder ging vielleicht Axel in der Version vom ›echten Leben im Jahr 1984‹ in diesem Kaff heute Nachmittag gar nicht an ihr vorbei?! Oh. Mein. Gott. Vielleicht bin ich schon auf einer völlig anderen Realitätsspur angekommen, weil ich viel zu viel falsch gemacht habe?!

Bevor ich mich weiter in diese Angst hineinsteigere, schließe ich Mamas ›magisches‹ Tagebuch für heute wohl lieber und schreibe noch ein wenig in meinem, um mich abzulenken. Draußen bellt Sancho empört. Ich würde am liebsten einstimmen!

Genau, das hatte ich ja noch gar nicht erwähnt: Mama und Yvi besaßen während ihrer Kindheit einen kleinen Hund – während ich mir seit Jahren vergeblich einen süßen Chihuahua wünsche! Das kann ich Mama nach meiner Rückkehr gleich vorhalten (ja! Ich werde zurückkehren!)! Der kleine Beller hier heißt Sancho Pansa. Hallo? Wer nennt bitte seinen Hund so? Aber gut, eigentümliche Tiernamen scheinen hier angesagt zu sein, zumindest in dieser Familie. Bin ja schon froh, dass Mama ihre Guppys (die sie immerhin mit etwas klingenderen Namen versehen hat) nicht noch einzeln nummeriert und in einem Namensverzeichnis erfasst hat.

Sancho ist echt süß. Er ist eine Mischung aus allem, was man sich so unter einem Hund vorstellen kann: Pudel, Schäferhund, Schnauzer ... Was sich definitiv in der Kette seiner Vorfahren ausmachen lässt: Irgendwann war ein Dackel dabei. So muss Sancho zu seinen weichen Schlappohren, den krummen Beinchen und dem Dackelblick gekommen sein. Er ist echt cool und witzig.

Obwohl ich mir in meinem wahren Leben von ganzem Herzen einen Hund wünsche, bin ich froh, dass ich hier offensichtlich für Kater Schnurz verantwortlich bin – und Yvi für den Hund, falls ich die Aufgabenverteilung richtig gecheckt habe. Das ist gut. Zum einen bin ich durch Mister Moon an Kater und ihren trägen Charme gewöhnt. Und zum anderen: Bei aller Coolness muss Sancho regelmäßig raus. Das hätte ich hier in der Neo-Eiszeit noch spaßfreier gefunden als in meiner Wirklichkeit. Und schon da gibt es nicht viel, was mich von der Attraktivität regelmäßiger Spaziergänge überzeugen würde.

Außer, ich wäre mit jemandem wie Tomek unterwegs natürlich ... Oh man, er fehlt mir so! Warum muss ich nur ausgerechnet jetzt aus meinem eigenen Leben verschwinden! Nachdem sich in letzter Zeit gerade alles so super entwickelt hat. Wir sind praktisch kurz davor, ein *richtiges* Paar zu sein.

Vor einigen Wochen ging das los mit den zufälligen Treffen am See. Ich war mit Sarah, Leona und Rebecca dort, er mit seinen Leuten. Immer wieder schwammen wir alle um die Wette bis zum Steg. Am schönsten war der Tag, an dem Tomek und ich zufällig allein dort ankamen. Nebeneinander zogen wir uns am Steg hoch und saßen nebeneinander dort. Sonnenstrahlen kämpften sich zwischen den Zweigen der alten Weide hindurch zu uns.

»Beim Kajakfahren mag ich Weiden gar nicht«, meinte Tomek. »Es kann ziemlich unangenehm werden, wenn du da drunter durchfährst. Aber hier so ... « Er schaute mich von der Seite an. Ich spürte, wie ich rot wurde und sah angestrengt auf die Weide. Die Spitzen ihrer langen Zweige berührten die Wasseroberfläche. Wir redeten noch eine Weile über alles Mögliche. Ich spürte Tomek nah neben mir. Und überdeutlich auch die wenigen Millimeter Abstand zwischen seiner Schulter und meiner.

»Na los, wer zuerst wieder drüben ist!«, rief ich und sprang vom Steg ins Wasser. Tomek mir nach. Nebeneinander kraulten wir zurück zum Ufer, wo die anderen inzwischen angekommen waren, beide im gleichen Rhythmus.

Sprachenerfolg, Sprachendesaster ... und ein cooler Nachmittag

Auch an diesem Morgen sitze ich früh – *viel zu früh!* – am Frühstückstisch, wo mich so leckere Sachen erwarten wie graues Brot und eine kleine Portion Wurst, die nicht besonders verlockend aussieht. Nicht dass ich Appetit auf mehr davon hätte, aber Hunger hab ich langsam! Ich habe seit zwei Tagen kaum etwas gegessen, was mir wirklich geschmeckt hat. Nutella oder Müsli? Fehlanzeige. Zum Trinken: Kakao. Mit Haut. Ich würge ihn runter.

Meine Mutter muss sich als 14-Jährige schon sämtliche Geschmacksnerven ausgerenkt haben. Ich erinnere mich an die Einträge in ihrem Tagebuch: ›schmackhaft‹, ›köstlich‹ – allein diese altmodische Ausdrucksweise zeigt, dass sie damals schlimmer gesprochen hat, als sie es heute als Erwachsene tut. Also, falls irgendwann in ihrem Tagebuch stehen sollte: ›das Essen war nicht so toll‹, muss mir das mit ziemlicher Sicherheit richtige Angst machen!

Vati winkt kurz in die Küche rein, bevor er mit seinem Retro-Moped, Marke Schwalbe, zur Arbeit nach Wöbern fährt. Früh, kurz nach sechs, also praktisch mitten in der Nacht!

Ich habe in der ›nullten‹ Stunde Englisch, was ich echt nicht lustig finden kann. Um 6:40 Uhr soll ich *in der Schule* sein, so schaut's aus.

Zum Glück hat meine Streber-Mama ihren ganzen Schulkrempel deutlich ordentlicher geführt, als ich das tue, sodass wenigstens ihr Hausaufgabenheft hilfreich ist – während meiner Meinung nach im Tagebuch vor allem Schrott steht. Das, worauf es wirklich ankommt, erfährt man dort jedenfalls nicht! Im Stundenplan ihres pingelig geführten Hausaufgabenhefts hingegen hat sie sogar die Anfangszeiten aller Unterrichtsstunden festgehalten.

Lustlos schnappe ich mir den ungeliebten Ranzen und schleppe mich zur Tür. Yvi kommt die Treppe runtergehüpft und winkt mir zu. Keine Ahnung, warum die so gut drauf ist, ich seh hier jedenfalls weit und breit keinen Grund für gute Laune.

Dafür erwartet mich in der Schule eine freudige Überraschung. Zumindest Englisch wird mir hier *NICHT* zum Verhängnis werden! *HAHA!* Offensichtlich haben die hier erst seit Beginn der 7. Klasse Englisch, noch dazu wohl immer mitten in der Nacht, im Halbschlaf also. Klar, dass da kein Mensch was kapiert! Deshalb liege ich hier sehr weit vorn, was Vokabeln und Aussprache angeht. Damit ich mich nicht allzu lange über Englisch freue, gibt es gleich danach wieder Russisch. So bin ich nach nur zwei Stunden schon wieder komplett durchgeschwitzt. Puh!

Es geht weiter mit Mathe. Dann Physik – wieder bei Herrn Seitz, dem zweitbesten Elvis-Imitator nach Opa Herbert. Danach folgen Deutsch und StaBü. Steffen grinst rüber, ich denke an Tomek …

Wenigstens ist es ein kurzer Schultag, schon um zwölf haben wir heute Schluss! Wieder ab in den ›Speisesaal‹, wo es das gewohnt langweilige Großküchenessen gibt – heute auch noch im DDR-Style. Jägerschnitzel. Darunter stelle ich mir beim Lesen des Speiseplans hoffnungsvoll etwas vor, das mich an das Schnitzel mit Pommes zu Hause beim ›Brückenwirt‹ erinnert. Oh Mann, mir läuft so das Wasser im Mund zusammen, dass ich fast sabbere! Die Brückenwirt-Schnitzel sind stets XL und superlecker. Und die Pommes dazu – göttlich!

Im realsozialistischen Dasein des Jahres 1984 wird mir eine panierte Wurstscheibe auf den Teller geworfen. Das Sabberproblem hat sich damit direkt erledigt. Immerhin gibt es Spirelli und Tomatensoße dazu, also das zumindest kann ich essen.

Ich bin froh, heute die Schule und die schnatternde Britt zeitig hinter mir lassen zu können. Eigenartig, ich fühle mich total erschöpft. Vielleicht bekomme ich meine Tage? Nee, wohl eher nicht. So wie ich als Antje aussehe, habe ich wahrscheinlich meine Tage noch gar nicht. Das wäre wenigstens *ein* Vorteil. Ich schlurfe nach Hause, frierend.

Doch dann wird der Tag besser! Denn Yvi kommt heute schon schon am frühen Nachmittag und wir beschließen, gemeinsam einen Spaziergang mit Sancho zu machen. Gut, unter normalen Umständen wäre ich jetzt nicht vor Freude ausgeflippt, weil wir bei eisigem Wind durch den Wald rennen. Aber hier ist es auf jeden Fall super, Zeit mit Yvi zu verbringen. Nicht nur, weil sie sowieso cool ist. Sie ist außerdem der vertrauteste Mensch in dieser fremden Welt für mich.

Also ziehen wir los in den Wald. Inliner oder so etwas sind natürlich noch nicht erfunden. So wird das Fortbewegen auch zu einer denkbar langweiligen Angelegenheit. Obwohl meine Tante Yvi als Jugendliche gar nicht so aussieht, als wäre sie versessen drauf, draußen rumzurennen, liebt sie es offensichtlich. Das wird so bleiben! Schade, dass ich ihr jetzt nicht sagen kann, dass sie später immer noch gern durch Wälder und über Berge laufen wird.

Verstohlen betrachte ich Yvi von der Seite: Ihre Klamotten näht sie wohl alle selbst. Ich kann mir zumindest nicht vorstellen, dass es so was hier irgendwo zu kaufen gibt: Schwarze Tüllröcke über engen Röhrenhosen, ganz weite, dunkle Sweatshirts ... und offensichtlich sind auch ihre Haare gefärbt, dunkelbraun, fast schwarz, mit einem auffällig rötlichen

Schimmer. Wahrscheinlich wechselt sie ihre Haarfarbe schon, seit sie in der Lage ist, Färbemittel einzusetzen (auch das wird so bleiben, wenn sie erwachsen ist).

Wir gehen mit Sancho am Waldrand entlang. Er hechelt aufgeregt. Jedes Mal, wenn ich ihn ansehe, muss ich unwillkürlich grinsen. Die Kombi aus süßem Blick, kurzbeiniger Schnelligkeit und nachdrücklicher Sturheit macht ihn echt unwiderstehlich. Mir fällt wieder ein, wie eigenartig ich seinen Namen finde. »Wieso ist er eigentlich damals noch mal Sancho Pansa genannt worden?«, riskiere ich die Frage.

Yvi blickt mich erstaunt an. »Sancho Pansa und Don Quijote? Klingelt da nichts bei dir?«

Ich versuche, irgendwie verpeilt oder vergesslich zu wirken, und schaue sie mit großen Augen an.

»Die Geschichte hat Vati uns doch früher immer so gern erzählt. Vor allem die Szene mit Don Quijotes Kampf gegen die Windmühlen. Sancho Pansa ist der Stallmeister des durchgeknallten Ritters und begleitet ihn auf seinen Abenteuern. Vati hat den Kleinen damals mitgebracht und gesagt, er hieße Sancho.« Yvi hält an und streichelt Sancho über den Kopf, während der sich begeistert an ihre Beine drückt und dann sehr offensichtlich versucht, sie zum Losrennen zu bewegen. Den Wald findet er eindeutig interessanter als seine Rolle des treuen Dieners.

Yvi lässt Sancho von der Leine, der jagt sofort den Waldweg entlang. Wir gehen zügig hinterher.

Ich kann mir nur schwer vorstellen, dass Vati - so wie ich ihn in den drei Tagen hier erlebt habe - seinen Töchtern irgendwann Geschichten vorgelesen oder erzählt hat. Möglicherweise habe ich ihn aber auch bisher noch nicht richtig mitbekommen. Vielleicht hatte er die letzten paar Tage einfach Stress, war deshalb schlecht drauf und ist sonst ganz okay. Ich frage weiter: »Glaubst du, Vati kommt sich manchmal wie Don Quijote vor?«

Yvi sieht mich an, als hätte sie den absoluten Blitzmerker vor sich. »Na, rate mal.« Zum Glück lenkt Sancho sie sofort ab, weil er begeistert ein gammliges Stück Holz anschleppt, das Yvi ihm abnimmt. Ich hoffe zumindest, das ist nichts anderes ... *es ist doch Holz?!*

Nach einer Weile merke ich, dass Yvi mich von der Seite mustert. »Geht es dir gut?«, fragt sie mich.

»Ja, warum?«

»Du wirkst komisch. Irgendwie anders ... Ich kann es nicht richtig beschreiben. Bist du traurig wegen Schnurz? Mach dir keine Gedanken, ja? Der kommt schon wieder, kennst ihn doch.« Sie lächelt mir aufmunternd zu.

Ich würde ihr am liebsten die Wahrheit sagen. Aber das geht nicht. Es wäre zu gefährlich. So nicke ich nur. Gut, dann soll es eben so aussehen, als sei ich geknickt, weil mein Kater ein paar Tage durch die Gegend zieht. *Wenn es nur das wäre!* Ich seufze. Yvi streicht mir über den Arm. »Komm wir gehen zurück, du siehst schon ganz erfroren aus.«

Zu Hause kramt sie ein dünnes Tuch mit lila Batikmuster aus ihrem Schrank hervor. Als ich genauer hinsehe, erkenne ich, dass es eine gefärbte Stoffwindel ist. Ratlos blicke ich Yvi an.

»Damit du nicht mehr so frierst«, meint sie lächelnd und legt mir das Tuch um den Hals. Mh, scheint ein modisches Accessoire der 80er zu sein. »Na, heut stehst du aber echt auf der Leitung!« Yvi schaut mich erneut prüfend an.

»Ja, ich bin irgendwie ein bisschen durcheinander«, versuche ich mich rauszureden.

Sie wirft mir einen weiteren zweifelnden Blick zu, lässt mich aber in Ruhe.

Wir machen es uns in ihrem Zimmer auf dem Bett gemütlich und quatschen. Wobei ich wieder aufpassen muss, dass ich vor allem zuhöre und nicht durch unpassende Bemerkungen auffliege. Gott, ist das anstrengend.

Ich mag Yvis Zimmer. Es ist noch mehr als das von Mama vollgestopft mit Büchern. An den Wänden hängen selbst gemalte Bilder, fast alles nur Bleistiftzeichnungen – aber richtig gute! Überall sind Vorhänge drapiert. Decken und Kissen liegen herum, wohl alle selbst gemacht. In der Ecke steht eine uralte schwarze Nähmaschine auf einem Gestell mit verschnörkeltem Metallrahmen, die definitiv oft im Einsatz ist.

Aus dem Kassettenrecorder dudelt eine leicht deprimierende Musik. *The Cure* heißt die Band, wie ich mit einem Blick auf die von Yvi beschriftete Kassettenhülle feststelle. Kassetten. So etwas sehe ich in meinem wahren Leben nur noch in Mamas Arbeitszimmer, wo sich nach wie vor Reliquien türmen. Als sehr kleines Kind, also vor etwa zehn Jahren, habe ich selbst auch noch Kassetten gehört. Welche mit Geschichten von Winnie Puuh oder Benjamin Blümchen.

Doch hier im 8oer-Jahre-Osten sind Kassetten wohl gerade in. Klar, alles was mit Internet und digitaler Musik zu tun hat, gibt es ja noch nicht.

›Boys don't cry‹, scheppert es durch den Raum, während auch wir kichernd beim Thema Jungs angekommen sind. »Wie läuft es denn jetzt mit Steffen?«, fragt Yvi.

»Mh, wir treffen uns am Sonnabend und fahren ins Kino.«

»Aha.« Yvi grinst. »Also hat er keine Konkurrenz mehr in dem unangepassten Rothaarigen aus der Zehnten, diesem Axel?«

Ich schlucke. »Ähhm ...« Mist! Wieso hat Mama nur so ein Laientagebuch geführt?! Ich hatte keine Ahnung, dass sie wohl doch auch ein bisschen auf das Tomek-Double stand! Ihrem Tagebuch und ihrer Freundin Britt scheint sie das zumindest verschwiegen zu haben. Aber Yvi weiß es!

»Nee, von dem gibt es gerade nichts Neues. Und wie ist es bei dir?« Ich schaue schnell woanders hin, damit sie meinen neugierigen Blick nicht bemerkt. Ich habe keine Ahnung, welche Vergangenheit meine Tante Yvi in puncto Jungs hat. So wie sie hier als Jugendliche aussieht, vermutlich eine wilde!

»Ooooch, du weißt ja, da bin ich eher nicht so interessiert«, meint sie zu meiner großen Überraschung. Um dann mit geröteten Wangen fortzufahren: »Na ja, ehrlich gesagt, gibt es da neuerdings schon jemanden, den ich sehr interessant finde. Ich glaube, den siehst du bald mal. Nächsten Montag vielleicht ... oder übernächsten ... da wollte ich dich mal mit nach Wöbern nehmen und ihn dir vorstellen. Aber sag Vati nichts.«

Natürlich werde ich Vati nichts sagen, wovon auch immer! Wofür hält sie mich?

»Vielleicht können wir das ja gleich nächste Woche machen: Du musst doch da sowieso hin, deinen Perso abholen«, fällt Yvi ein. »Wann hattest du den Termin noch mal?«

Ja, wann hatte ich den Termin noch mal? Keine Ahnung. Bis eben wusste ich ja gar nicht, dass ich meinen Ausweis da irgendwo abholen muss!

»Bin sofort wieder da!« Ich laufe schnell in Mamas Zimmer und werfe einen Blick auf den ordentlichen Schreibtisch. Da liegt was! Atemlos kehre ich mit einem graugrünen Zettel zurück in Yvis Zimmer.

»Dienstag, den 27. März, 16 Uhr«, lese ich vor. »In Wöbern auf der Polizei. Danach bin ich herzlich zur *Feierstunde* eingeladen.«

»Ja, ja, ich weiß. Schade, dass es nicht am Montag ist, aber egal. Ich komm trotzdem mit, dann ist es nicht so öde für dich. Pass auf: Du fährst mit dem Bus um viertel vier nach Wöbern, ich lese dich dort an der Bushaltestelle auf und wir holen den Perso. Danach lad ich dich auf einen riesigen Eisbecher ein, abgemacht? Als eigene Feierstunde sozusagen.« Sie grinst mich an.

»Klar!« Ich grinse ehrlich erfreut zurück.

Nun sitze ich in Mamas Zimmer. Das war heute ein cooler Nachmittag. Vor Yvi fällt es mir am schwersten, meine Fassade aufrechtzuerhalten. Am liebsten würde ich ihr alles anvertrauen.

Ich werfe eben noch einen Blick ins Original-Tagebuch von Mama. Aha, da steht inzwischen etwas Neues!

Mittwoch, der 21. März 1984

Traurig

Heute ist etwas sehr Schlimmes passiert: Zwei von meinen Guppys sind gestorben. Der wunderschöne Pinky mit der langen rosa leuchtenden Schwanzflosse und Pepper, die scheue Kleine. Ich habe es entdeckt, als ich das Aquarium sauber gemacht habe.

Okay, danke, das hat mir weitergeholfen! Ich weiß jetzt nicht nur, warum dieses stinkige Aquarium so muffelt, sondern dass ich es auch noch sauber machen muss. Eine Pumpe habe ich nicht entdeckt, also wird das Ganze wohl ziemlich vorsintflutlich ablaufen. Ich erinnere mich mit Grausen, wie wir in der Grundschule früher mal so ein altes Aquarium hatten, das dann regelmäßig ausgeschöpft und wieder neu gefüllt werden musste. *Mann ey, wieder so was, worauf ich absolut gar keinen Bock habe!*

Ein Shoppingerlebnis der anderen Art

Uuuupsi, vorhin ist mir aufgefallen, dass es gestern Abend vielleicht doch noch angesagt gewesen wäre, das Aquarium zu putzen. Das hab ich nun heute endlich getan. Es war ziemlich eklig ... Und die zwei toten Fische musste ich im Klo runterspülen.

Ansonsten gibt es heute nicht viel Nervenzerfetzendes. Natürlich Schule, mit einem aufgeregten Steffen, der mich die ganze Zeit ansmylt - oder besser: der dauernd Antje angrinst! Langsam graust mir ein bisschen vor dem Kino am Samstag. Vielleicht passiert ja doch etwas und meine Mutter hat nur wieder mal nix davon aufgeschrieben?! Zumindest kann ich mich nicht erinnern, dass etwas in Richtung ›erster Kuss‹ oder so in dem Tagebuch stand, als Mama es aus dem Keller raufschleppte - das wäre mir definitiv in Erinnerung geblieben!

Nach Unterrichtsschluss habe ich als Antje donnerstags Zeichenzirkel (so 'ne Art Kurs oder AG) bei Herrn Beyer, dem Kunst-Lehrer. Das macht genauso viel Spaß wie der Zeichenunterricht am Dienstag bei ihm! Ich finde Herrn Beyer echt cool, ohne dass ich genau begründen kann, warum. Ich habe das Gefühl, er lässt jeden Menschen so sein, wie er ist. Das ist auch etwas, was ich nach meiner Rückkehr in die Neuzeit mal genauer checken werde: Welche Menschen ich mag und warum. Mir scheint nämlich bei genauerem Nachdenken, dass ich die Lehrerinnen und Lehrer am besten finde, bei denen ich Alina sein darf - einfach nur ich selbst.

Doch leider, leider bin ich ja noch hier ...

Der Kurs hat wenigstens noch einen weiteren Vorteil (der gleich zu Herzrasen bei mir führt): Axel ist dabei! *Mega!* Wir haben zwar nichts direkt miteinander zu tun, weil da jeder an seinem Bild oder Kunstprojekt vor sich hinarbeitet. Aber trotzdem könnte dieses gemeinsame Interesse an Kunst doch irgendwann einen Vorwand bieten, sich miteinander zu unterhalten, oder?

Nachteil an diesem Kurs: Cindy ist auch drin. Das ist ein Mädchen aus meiner Klasse, das mich vom ersten Moment an genervt hat. Die kommt sich superschön und toll vor. Leider sieht sie wirklich gut aus, wie ich widerwillig zugeben muss.

Nach dem Kurs treffe ich Axel noch mal auf dem Schulhof. Ich muss direkt an ihm und seinen Freunden vorbeigehen, und ich glaube, er hat mir nachgesehen. Oh Mann, das ist so endlos gemein, dass der genau wie Tomek aussieht! Ich hoffe so sehr, dass ich bald wieder in meinem eigenen Leben bin und nichts verpasst habe!

Zu Hause sitze ich dann eine Weile im Zimmer rum, bis Mutti aus der Küche ruft: »Anschi, gehst du schnell mal in den Konsum?! Wir brauchen noch Milch und Käse.«

Zum Glück habe ich gestern auf dem Rückweg von der Schule mit Britt einen kleinen Umweg gemacht, weil die mir noch was erzählen wollte (sie steht auf Tobias, einen Typen aus der 8b, und der hatte sie in der Mittagspause mit der Schulter gestreift ...). So weiß ich jetzt schon, dass der ›Konsum‹ ein dörflicher Supermarkt ist, und auch, wo ich ihn finde.

Ich also hin.

Das Ding Konsum zu nennen, ist nicht mal mehr ironisch, es ist zynisch. Meines Wissens hat ›konsumieren‹ mit ›verbrauchen, einkaufen, irgendwas geboten bekommen‹ zu tun. Nichts davon kann ich dort feststellen. Gemeinsam mit anderen ebenso wenig begeisterten Dorfbewohnern flaniere ich vorbei an welken Kohlköpfen und einem Süßigkeitenregal, dessen Inhalt mir jede Illusion raubt: Wenn die Schlagersüßtafel so schmeckt, wie sie aussieht, dann verzichte ich bis auf Weiteres auf Schokolade. Bei dieser Gelegenheit fällt mir auf, dass ich gar nicht weiß, ob ich hier eigentlich Taschengeld bekomme, wie viel und wann – und wo Mama ihr Taschengeld damals überhaupt aufbewahrt hat. Langsam hab ich Heißhunger auf Süßigkeiten bekommen und zu Hause bisher keine entdeckt. Hier im Supermarkt seh ich nun leider auch nichts, was ich gern wegsnacken würde, womit die Taschengeldfrage schlagartig auch wieder weniger dringlich wird.

Auf meinem Trip durch das Konsumparadies des Ostens entdecke ich zumindest Cola und Limo – sehr gut! Ich beschließe, zwei Flaschen zum Testen mitzunehmen. Von Saftschorle und dergleichen haben die hier offensichtlich noch nichts gehört, auch stilles Wasser habe ich bis jetzt nicht entdecken können. Zu Hause trinke ich meist Wasser und Saftschorle, nun muss ich mich für meinen Besuch in der Urzeit wohl umstellen.

Nach meiner bisherigen Erfahrung hier gibt es auf jeden Fall immer wieder mal Apfelsaft zu trinken. Zugegeben, der ist wirklich lecker. Wie ich inzwischen mitbekommen habe, ordern die den direkt bei einer Mosterei – wo die Leute vorher auch die Äpfel hinbringen, die sie von den eigenen Bäumen im Garten geerntet haben. Eine Art Uralt-Bio-Öko-Wirtschaft.

Weiter geht's durch den Konsum. Es dauert eine Weile, bis ich die Milch gefunden habe. Die gibt es hier in Plastiktüten. Und Käse haben die nur an der Käsetheke, gar keinen abgepackten. Seit ich mich mit Tiertransporten und dergleichen befasst habe, versuche ich in meinem wahren Leben beinahe-vegetarisch zu essen. Das gelingt mir nicht immer (es ist vor allem deshalb schwierig, weil dieser Wunsch leider mit meiner Vorliebe für Schnitzel kollidiert!). Aber ich versuche zumindest, so wenig Fleisch und Wurst wie möglich zu essen. Die einzige Möglichkeit auf Fleischverzicht, die sich mir an der Käsetheke des Ostens an diesem Tag eröffnet, heißt offensichtlich ›Schnittkäse‹. Weder wird mir klar, was für ein Käse das genau ist, noch, welchen Fettgehalt der hat. Egal, ich kapituliere und lasse mir ein Stück davon in Scheiben aufschneiden.

Es gibt beinahe nichts. Allein das Angebot an Süßigkeiten ist bestürzend minimalistisch! Man muss allerdings zugeben, dass das, was es dann gibt, wenigstens richtig billig zu haben ist. Ich bezahle für den Batzen Käse (welcher auch immer das ist), die zwei Tüten Milch sowie Cola und Limo nicht mal fünf Mark!

Und nun lieg ich wieder hier rum. Der Abend ist bis jetzt relaxed, ich hab die meiste Zeit Tagebuch geschrieben. Yvi war leider lange unterwegs und muss nun was für die Schule tun. Schade. Sie hat vorhin nur kurz in mein Zimmer geschaut und spöttisch mein Flaschenduo angesehen: Cola und rote Fassbrause. »Was willst du rausfinden? Den Unterschied zwischen eklig für Vita-Cola und supereklig für Leninschweiß?«, meinte sie ironisch, bevor sie grinsend zum Lernen in ihr eigenes Zimmer verschwand.

Nun, nach einem kurzen Geschmackstest muss ich sagen: In etwa dieser Reihenfolge wie von Yvi gerade angemerkt hätte ich die Verkostung auch eingestuft.

Der Eintrag, der jetzt am Abend noch in Mamas altem Tagebuch auftaucht, ist wieder so nichtssagend, dass er meine Laune auch nicht hebt.

Donnerstag, der 22. März 1984

Vorfreude, schönste Freude

Morgen ist meine Geburtstagsfeier, die wird bestimmt schön. Und übermorgen bin ich dann mit Steffen fürs Kino verabredet, das hatte ich noch gar nicht geschrieben. Ich freu mich schon so! Wenn jetzt auch Schnurz bald wieder da ist, bin ich wirklich rundum glücklich!

Ich will BITTE SOFORT NACH HAUSE!

Nach ein paar Tagen Aufenthalt in grauer Vorzeit hat mich heute mit aller Härte die Erkenntnis überwältigt, dass ich auf unbestimmte Zeit in einer völlig fremden Welt überleben muss. Ob es mir überhaupt gelingt, den Ausgang zu finden?

55/155

Es ist alles so unfassbar frustrierend!

KEIN Handy, nicht mal Festnetz-Telefon, *KEINE* Computer, *KEIN* Internet – was bedeutet: keine gute Musik, keine Filme, kein Chatten ... einfach *GAR NICHTS*, das mich von dem ganzen Elend hier auch nur mal für Minuten ablenken könnte.

Stattdessen gibt es das Uralt-Radio mit Kassettenteil. Einen Fernseher, dessen Programm nicht ansehbar ist. *ÜBERHAUPT KEINE* coolen Serien! Ja, es gibt sowieso nur drei oder vier Stunden Fernsehzeit am Tag – so scheint es mir zumindest, denn immer, wenn ich ihn tagsüber doch mal versuchsweise heimlich einschalte, sehe ich ein totes *Testbild*!

Ich muss es schaffen, hier rauszukommen! Doch dafür muss ich gut durchhalten, um mich möglichst wie meine Junior-Mama durch den Alltag zu bewegen. Ich hab immer noch riesige Angst, dass ich sonst etwas hier oder in der Zukunft durcheinanderbringe und am Ende damit das Leben meiner Mutter und mein eigenes total verändere ... Aber ich glaube, das habe ich schon mehrmals in den letzten vier Tagen geschrieben. Und so etwa 100.000.000.000-MAL gedacht. Doch bevor mich dieses deprimierende Gefühl jetzt völlig überwältigt, schreib ich auf, was heute so passiert ist ...

Der Tag beginnt mit einem kleinen Schockerlebnis: Ich hatte zwar schon im Hausaufgabenheft meiner Mutter gelesen, dass ›PA‹ auf dem Plan stand, konnte mir aber nicht so recht zusammenreimen, was das heißen sollte. Britt steht morgens mit dem Fahrrad vorm Haus. Was mich überrascht, denn bisher sind wir zu Fuß in die Schule gegangen.

» Wo ist dein Rad? «, fragt sie.

» Warum? «

» Weil wir nachher doch noch zu PA fahren müssen, das ist ja nun wirklich nichts Neues. «

Ich würde am liebsten sagen: ›Doch, für einige von uns schon‹, halte aber die Klappe und schnappe mir das Rad (ohne Gangschaltung, eine richtige Klappermühle), das am ehesten das von Mama sein könnte. Es stehen nämlich vier Fahrräder gut sichtbar vorn in der offenen Garage. Glück gehabt, ich habe instinktiv zum richtigen gegriffen, wie ich später feststelle.

Nach der dritten Stunde fahren wir in ein Nachbarkaff, zusammen mit vier anderen Mädels aus unserer Klasse. Wir feilen dort in einer altmodischen Werkhalle an Metallteilen rum, die wir in einen Schraubstock einspannen müssen. Das ist so bizarr! Das Ganze nennt sich wohl ›Praktische Arbeit‹ (daher die Abkürzung PA) oder auch UTP, was hochoffiziell ›Unterrichtstag in der Produktion‹ heißt. Komplett überflüssig, aber mich fragt ja eh niemand nach meiner Meinung ...

Am Nachmittag gibt es die grandiose Geburtstagsfeier – im Prinzip ja *meine* Party. Haha. Wie es halt einfach gar nicht meine Party ist ... Britt, Nadine, Ines, Claudia und Christine aus ›meiner‹ Klasse und noch eine Christine aus der anderen 8. Klasse kommen. Die hat die echte Antje zum

Glück schon vorige Woche eingeladen, ich hätte nämlich keine Idee gehabt, wer auf diese mitreißende Party gehört.

Die Christine aus der Parallelklasse wird sich vermutlich wundern, dass ich sie die ganze Woche ignoriert habe, da ich ja gar nicht wusste, dass ich mit ihr befreundet bin. Sehr doof, das Ganze, aber gut, das ist jetzt nicht zu ändern. Zumindest hat sie sich nix anmerken lassen.

Über den Nachmittag gibt es rein gar nichts zu erzählen. Ich habe überhaupt keinen Spaß, weil ich die ganze Zeit so tun muss, als wäre ich jemand anderes. Und als wäre ich in dieser Welt zu Hause, von der ich null Ahnung habe.

Ich vermisse meine richtigen Freundinnen zu Hause *sehr*! Wie cool das wäre, wenn wenigstens Sarah mit hier sein könnte. Mit ihr und den anderen zu Hause hätte mir ein solcher Nachmittag so krass Spaß gemacht.

Aber hier nervt mich selbst Britt gerade ein bisschen, obwohl sie mir ja in den letzten Tagen wirklich das Leben gerettet hat – vor allem in der Schule, da wäre ich ohne sie nie zurechtgekommen.

Gut, jetzt ist erst einmal Wochenende. Da hab ich ein bisschen Zeit, mich zu erholen. Dann wird es bestimmt wieder besser laufen.

Bevor ich einschlafe, lese ich noch die Ankündigung für den nächsten Tag, da steht nämlich jetzt eben ganz neu etwas im alten Tagebuch. Kombiniere: Mama scheint in ihrer Jugend immer abends so zwischen 21 und 22 Uhr über dem Tagebuch gehangen zu haben, denn um diese Tageszeit ›aktualisiert‹ sich das hier meist. Gut zu wissen!

Freitag, der 23. März 1984

Meine Geburtstagsfeier mit Freundinnen

Heute war der große Tag: Am Nachmittag feierten wir meinen Geburtstag nach. Britt, Nadine, Ines, Claudia und Christine und dann noch die andere Christine (Müller) aus der 8b. Es war lustig. Wir machten Spiele und aßen eine ganze Menge.

Morgen nach der Schule gehe ich mit Steffen ins Kino. Wir sehen ›Die Olsenbande fliegt über alle Berge‹.

Immer noch Freitagabend

Ähm. Sorry?! Was soll denn das bitte heißen: Morgen ›NACH DER SCHULE‹???

Ich stürze zum Ranzen und fische das Hausaufgabenheft raus. Oh Gott! Wie konnte ich das nur übersehen?! Die haben hier wirklich, wirklich samstags Schule! Unfassbar!

Immerhin geht's danach ins Kino. Was ich mir unter ›Die Olsenbande fliegt über alle Berge‹ vorzustellen habe, weiß ich zwar nicht, aber ich lass mich überraschen. Klingt zumindest nach Action …

Bin todmüde, werde deshalb jetzt aufhören zu schreiben und sicher sofort einschlafen, nachdem ich das Licht ausgemacht hab. Und das, obwohl ich als Antje hier viel eher ins Bett muss, als ich es als Alina jemals akzeptieren würde.

Ein Kino-Schock und
große Sehnsucht

Okay, ich weiß nun, was die Olsenbande ist. *OH. MEIN. GOTT.* Haben die hier noch nie was von richtigen Filmen gehört? Völlig unsinnige Frage an mich selbst! Natürlich nicht! Wir befinden uns ja in grauer Vorzeit. Das ist fast so etwas wie eine Reise ins Mittelalter, nur sehr viel uncooler!

Es ist gnadenlos, wie ahnungslos meine Mutter mit 14 war. Dieses ganze Tagebuch ist voller Abhandlungen über Ereignisse, die kein Schwein interessieren, mal ehrlich: Seniorenfilme wie die ›Olsenbande‹, ekliges Essen, das schmackhaft sein soll ... Und permanent listet sie das Befinden verschiedenster Tiere namens Schnurz, Purz, Pupsi und Schnupsi auf. *Alter!* Ich hoffe, diese Reise in die Vergangenheit ist bald vorbei! Irgendwie schaffe ich das! Nur nicht weiter heulen jetzt!

Ich hatte ja gehofft, heute Nachmittag könnte ich chillen. Aber nun weiß ich, dass selbst ein Kinobesuch in dieser Welt einfach nur schlimm ist. Immerhin behalte ich wenigstens gegenüber Steffen alles im Griff: Ich musste als Antje nur nach vorn auf die Leinwand starren, um jeden Annäherungsversuch von ihm im Keim zu ersticken. Vermutlich würde er gern Händchen halten so wie Steffens Kumpel Schubert mit seiner Freundin (die beiden sind im Übrigen ziemlich nett). Aber ich bringe es nicht über mich, Steffen Hoffnungen zu machen. *Mann, das ist echt eine sinnlose Situation.*

Ich muss die ganze Zeit daran denken, wie ich neulich mit Sarah im Kino gewesen bin und was wir für einen Spaß hatten. Natürlich muss ich auch an Tomek denken. In meinem Herzen ist auf einmal ein heftiger, ziehender Schmerz, weil mir dabei der Gedanke kommt, dass ich möglicherweise in meinem wahren Leben als verschollen gelte und er mich schon vergessen hat ... Wenn ich mir das ausmale, muss ich gleich wieder heulen!

Zum Film will ich nichts schreiben. Ich will nie, nie wieder so etwas ansehen – und versuche zu vergessen, dass ich überhaupt gezwungen war, so einen unfassbaren Mist anzuschauen.

Sonnabend, der 24. März 1984

Mit Steffen im Kino

Nach der Schule bin ich gleich nach Hause gestürmt, um mich fürs Kino schön anzuziehen. Steffen holte mich um 3 Uhr ab. Unterwegs traf ich Ines und Claudia, als ich kurz wartete, weil Steffen schnell noch sein Geld von sich zu Hause holen musste. Ich unterhielt mich ein bisschen mit ihnen.

Vor dem Kino in Wöbern trafen wir noch Schubert, einen Freund von Steffen, mit seiner Freundin Annett. Sie war mir gleich vom ersten Moment an sympathisch. Der Film war ganz lustig. Dann gingen wir Eis essen. Ich schaffte es, in nur 20 Minuten mit dem Rad wieder zu Hause zu sein.

Ein Morgenschock und noch mehr Sehnsucht

Ich glaube, wenn ich hier noch eine Woche bleiben muss, drehe ich durch! Man glaubt es nicht, aber Vati, der alte Superkreischer, hat uns heute *(am Sonntag!!)* kurz vor acht (noch mal zum Langsamlesen: A-C-H-T) zusammengeschrien. Frag ich mich, warum?! Für ein gemeinsames Frühstück natürlich. Ohne Worte. Ich weiß nicht, was bei dem falsch läuft, ehrlich!

Yvi sieht noch müder aus als ich, als wir da beide am Tisch hängen. Gut, die war gestern Abend auch noch in der Disko.

Interessant ist, dass sich nicht mal die vorlaute Yvi im Kampf ums Ausschlafen mit Vati anlegt. Dabei hält sie sich normalerweise mit ihrer Meinung nicht zurück. Aber vielleicht wird sie erst als Erwachsene so frech und mutig? Sehr oft habe ich sie ja leider diese Woche in ihrem Leben als fast 17-Jährige noch nicht mitbekommen.

Offensichtlich ist das hier in dieser Superfamilie die Norm, dass sonntags um acht alle frühstücken müssen. Aber für so ein schmackhaftes Frühstück steht man ja gern mal mitten in der Nacht auf, oder?

Yvi rollt hinter Vatis Rücken die Augen und plustert die Backen auf. Das ist so gemein! Ich kann mir kaum das Lachen verkneifen. Und ich will wirklich nicht diejenige sein, die Vati wütend macht. Ich glaube, der Spaßfaktor für mich wäre ziemlich übersichtlich.

Beim Frühstück wird bekannt gegeben, dass heute Nachmittag Tante Beate und ihr Freund Ralf kommen. Obwohl mich Familien-Events sonst nicht vom Hocker reißen, bin ich jetzt gespannt. Immerhin werde ich die rätselhafte Künstlerin kennenlernen, wegen der hier offenbar immer mal wieder gestritten wird.

Nach dem Frühstück gönne ich mir eine kleine Hausaufgaben-Session (die mich hier ebenso wie in meinem wahren Leben *absolut* begeistert). Danach liege ich im Zimmer auf dem Bett rum. Mutti kommt rein. Kritisch beäugt sie meinen Hauslook (Jogginghose und T-Shirt – hier sagt man dazu: Trainingshose und Nicki). »Willst du dich nicht ein bisschen hübscher anziehen, Anschi?«

Im Laufe der Woche habe ich schon begriffen, dass »Willst du nicht lieber …« kein Gesprächsvorschlag ist, sondern eine Anweisung. Ich schlucke also meinen Widerspruch runter, ziehe einen Rock (ultrahässlich) und ein weißes ›Blüschen‹ an. Echt, da ist mir ja Vati fast noch lieber mit seinen strengen Kurznachrichten. Bei dem versteh ich wenigstens gleich, dass es keine Diskussionen gibt.

Pünktlich um zwölf gibt es Mittagessen, das wir gemeinsam mit Mutti vorbereiten. Danach spülen wir zu dritt ab, so wie jeden Tag bisher. Da es in Hinterwaldhausen natürlich keine Spülmaschine gibt, habe ich hier die ganze Woche täglich wenigstens einmal mit ›abgewaschen‹, wie die hier zum Abspülen sagen. Meine Hände sind schon ganz aufgeweicht. Zum Glück hat Mama als 14-Jährige keine aufwändig gepflegten Nägel. *Surprise, surprise.* Wer hätte gedacht, dass sie auch von einer ordentlichen Maniküre und lackierten Nägeln mit 14 Jahren noch keinen Schimmer hatte …

Gegen halb vier bereiten wir den Kaffeetisch vor. Kurz darauf klingelt es und Yvi stürzt erfreut zur Tür. Ich ihr nach, ein bisschen ängstlich, weil ich gar nicht weiß, was mich erwartet. Eigentlich sollte ich das inzwischen gewöhnt sein. Aber tatsächlich ist es so, dass ich mich jetzt noch viel unsicherer fühle als in den letzten Tagen: Bisher war ich auf dünnem Eis, aber es hielt. Im Moment spüre ich, wie es unter mir zu reißen droht. Denn in allen anderen Situationen war ich immerhin ein wenig vorbereitet – entweder durch das, was ich alles so von meiner erwachsenen Mutter mitbekommen habe, oder indem ich in meinem Zweitleben hier Britt ausgehorcht oder die Leute gut beobachtet habe.

Aber jetzt? Wie kann es sein, dass ich von dieser Beate in meinem wahren Leben als Alina *noch nie* etwas gehört habe, obwohl sie die Tante meiner Mutter ist? Das macht mich ganz schön fertig!

Yvi reißt die Tür auf und da steht Beate. Ihr Gesicht sieht frisch und klar aus (logisch, draußen ist es saukalt, wie üblich). Ihre Augen blitzen, sie umarmt erst Yvi, dann mich sehr herzlich. Neben ihr steht etwas verlegen ein großer, dünner Mann. Beate streicht sich lachend die glatten dunklen Haare zurück und weist auf ihn, während sie den Mantel auszieht.

»Das ist mein Freund Ralf, ihr kennt ihn ja noch nicht. Und ... «, Beate zeigt mit großer Geste auf uns, »das sind meine wunderbaren Nichten Yvi und Antje. Meinen Bruder Herbert und seine Frau Gudrun siehst du gleich am Kaffeetisch. « Dabei rollt sie die Augen auf die gleiche Art wie Yvi heute Morgen beim Frühstück. Nun müssen wir alle drei lachen. Ralf lächelt zaghaft.

Mutti hat gebacken, Kuchen mit dicken, knusprig-süßen Streuseln. Der ist wieder unfassbar *lecker*. Muttis Kuchen sind *das kulinarische Highlight* hier!

Nach dem Essen sinken wir alle nebeneinander in das gelbliche Kordsofa und die Sessel rund um den Wohnzimmertisch ein und spielen zusammen Mau-Mau. Dabei taut Ralf ein bisschen auf. Wenn er mal etwas sagt, ist er witzig, auf eine stille, angenehme Art. Sogar Vati wird ein bisschen locker, wenn man dieses Wort überhaupt für ihn verwenden kann. Jedenfalls haben wir echt Spaß.

Später gehen Yvi und ich in ihr Zimmer rüber und hören Musik. Ich finde in ihrem Regal im unteren Fach einen Stapel Zeitschriften mit dem Titel ›neues leben‹. Das soll wohl so etwas wie die Bravo der sozialistischen Steinzeit sein. Yvi schneidet gerade etwas aus einem dunkelblauen Bettlaken zu (wenig später soll mir aufgehen, dass das ein Shirt wird). »Guck mal, mit Fledermausärmeln. Wenn du magst, näh ich dir auch so eins.«

»Ja, gern.« Ich freu mich echt. Es ist tausendmal besser, so wie Yvi auszusehen, als so langweilig wie die meisten anderen hier.

Ich lese mich am ›nl‹ fest. Es ist so schräg, dass es fast schon wieder gut ist. Und wenigstens bekomme ich hier einiges mit, was ich mir sonst mühsam und höchst verdächtig zusammenfragen müsste. Ein, zwei Stunden vergehen so. Yvi sitzt an der ratternden Nähmaschine, im Hintergrund dudelt ein Sender namens Rias II, der immerhin hörbare Musik bietet, ich lese aufmerksam in den Archiven des Sozialismus (immer noch die ›nls‹).

Plötzlich hören wir, wie Vati laut wird.

Yvi stoppt das Rattern der Nähmaschine. Wir lauschen angestrengt zur Wand hin. Aber wir verstehen nur Wortfetzen. Ich werde kein bisschen schlau aus dem, was da erzählt wird.

»Im Betrieb ... «, »irgendwelche Scheiße fabrizieren ... «, »wegen eurer dämlichen Schmakelei ... «, »... alle nach Bautzen ... «, »Weißt genau, dass ich schon Probleme habe ... «, hören wir Vati schreien.

Beate sagt sehr ruhig etwas, das wir nicht verstehen können. Dann hören wir Stühle rücken, Türen, die sich öffnen und laut wieder schließen.

Wir sehen uns bedrückt an.

»Das wird schon wieder«, sagt Yvi nach einer Weile. »Ich glaube, er hat einfach gerade Ärger mit den Parteitypen in seinem Betrieb. Aber er tut ja seit unglaublich vielen Jahren nichts Verbotenes mehr, deshalb wird sich das auch wieder beruhigen.«

Sie kommt zu mir rüber und umarmt mich. So sitzen wir eine Weile da. Es fühlt sich gut an, dass sie bei mir ist. Auch wenn Yvi mich gerade für einen völlig anderen Menschen hält. Für den Moment ist es erst einmal genug, dass mich jemand festhält, der mich auch mögen wird, wenn er mich dann tatsächlich kennenlernt. Gut zu wissen, dass Yvi in meinem Leben bleiben wird und dass wir uns so nah sein werden, wenn sie mal erwachsen und meine Tante geworden ist.

Ach, noch ein unfassbares Highlight heute: Es ist *Badetag*! Abends wird der Badeofen angeheizt und wir können nacheinander in die Wanne. Man bekommt gerade immer so viel warmes Wasser, dass man in einer halb gefüllten Wanne sitzt.

Wenn ich in einer vollen Wanne sitzen will, müsste ich kaltes Wasser zulaufen lassen! Haha. *NICHT* lustig!

Weiterer *No-Fun-Fact:* Geduscht wird auch nur mit kaltem Wasser. Das macht Yvi jeden Morgen, es ist nicht zu fassen! Die andere Möglichkeit ist, man duscht gar nicht, sondern wäscht sich früh nur kurz am Waschbecken Gesicht und Hände (und das ist genau das, wofür ich mich entschieden habe!).

In Mamas Tagebuch finde ich noch keine Neuigkeiten. Ich geh jetzt trotzdem schlafen, bin echt fertig. Die Höhepunkte des morgigen langweiligen Tages werde ich sicher unvorbereitet aushalten können - falls ich dann überhaupt noch hier bin.

Nachdenken über Opa Herbert

Ja. Okay. Ich bin noch hier!

Eher ein langweiliger Tag heute.

Nur dass Steffen heute früh siegesgewiss auf mich zukommt und mir den Arm um die Schulter legt, schockiert mich kurz. Den ganzen Vormittag bemühe ich mich, halbwegs distanziert zu bleiben, aber ihn auch nicht blöd zu behandeln. Schließlich kann er ja nix für dieses ganze Zeitreise-Dilemma, das sein Liebesglück durcheinanderwirbelt! Ich bin froh, als die Schule aus ist.

Zu Hause ist die Stimmung auch eher gedämpft. Erst sitze ich ewig an den Hausaufgaben, dann kommt Vati nach Hause. Er ist immer noch so scheiße drauf wie gestern Abend, die ganze Zeit nölt er rum. Yvi kommt heut gar nicht heim, sondern übernachtet in Wöbern bei einer Schulfreundin. So erledige ich brav die Hausaufgaben und bereitete mich auf alle möglichen Schulthemen vor, indem ich Mamas Schulbücher durchschaue.

Dann blättere ich noch ein bisschen im ›nl‹. Die dort angepriesene Mode könnte man witzig finden, wenn man sie nicht selbst ertragen müsste. Okay, die superweite Hose unter dem Titel ›Schnelle Beinkleider‹ (was für ein Wort ist das bitte?!) und der Stufenrock aus einer anderen Ausgabe sind fast schon wieder cool. Ich werde versuchen, bei Yvi noch so 'nen Rock und die Hose in Auftrag zu geben.

Auffällig ist, dass im ›nl‹ ziemlich viele Nähanleitungen sind. Die Hälfte der DDR-Kids scheint sich selfmade zu bekleiden, und zwar mittels Einsatz historischer Nähmaschinen, würde ich vermuten.

Abends kann ich dann lange nicht einschlafen und liege grübelnd wach. Warum ist Opa Herbert in seiner Zeit als Vati nur so frustriert drauf? Ich meine, er ist schon als Opa Herbert im richtigen Leben manchmal etwas nervig (gut, so wie jeder alte Typ wahrscheinlich). Aber hier als Vater?! Da ist er echt die reinste Zumutung! Und Oma Gudrun ist hier auch ganz anders, als ich sie aus meinem wahren Leben kenne. Da habe ich mit ihr nämlich echt viel zu lachen.

Auf einmal fällt mir wieder ein, wie Yvi neulich von Don Quijote gesprochen hat. Gegen welche Windmühlen kämpft Opa Herbert? Da erinnere ich mich an etwas, das Mama mir irgendwann mal erzählt hat: dass Opa Herbert sich mit etwa 17 geweigert hat, bei einer Aktion mitzumachen, bei der er unbedingt hätte mitmachen müssen. Seine ganze Klasse sollte Antennen von den Dächern reißen, damit die Leute hier kein Westfernsehen empfangen konnten. Sie konnten ja offiziell nur die beiden Schrott-Programme DDR 1 und DDR 2 sehen. Im Übrigen gibt es auch 1984 bei Oma und Opa alias Mutti und Vati noch nix anderes im TV. Öööde!! Ich kann nach nur einer Woche im grauen Vorzeit-Osten voll gut verstehen, warum die sich damals einen Metallpark aufs Dach montiert haben, um der absoluten *LANGEWEILE* zu entgehen! Oder um irgendwas zu sehen, das man wenigstens ertragen kann. ›Die aktuelle Kamera‹ kann echt nicht ernst gemeint sein. Diese (stark an Sinnlos-StaBü erinnernde) Sendung habe ich am Samstagabend im Vorübergehen mitbekommen. Dagegen sind sogar die üblichen Langweiler-Nachrichten auf den öffentlich-rechtlichen Sendern der Neuzeit gut.

Jedenfalls machte Opa Herbert damals bei dieser Antennen-Rupf-Aktion nicht mit. Er erklärte, dass er das doof fände. Daraufhin hat er richtig Stress in der Schule bekommen, konnte dann nicht das studieren, was er wollte, und ist deshalb wohl nach den 1000 Jahren, die seitdem vergangen sind, immer noch frustriert. Hat sich Elvis-Koteletten wachsen lassen und ist voll nervig und griesgrämig. Es ist überhaupt nicht schön, mit ihm zu leben! Ständig habe ich das Gefühl, dass er gleich explodiert. Er nörgelt dauernd an jemandem rum.

Na ja. Ein bisschen was Gutes muss in seinem Leben später nach 1984 zumindest doch noch passiert sein, denn als Opa ist er wirklich viel besser drauf.

Aber jetzt sind wir im Jahr 1984 - und es ist Dauerfrust im Haus. Oma Gudrun tut so, als ginge sie das alles nix an. Wenn sie reagieren muss, weil er sich unfassbar danebenbenimmt, sagt sie höchstens so etwas wie: »Ihr wisst doch, wie er ist, lasst ihn einfach.«

Echt super. Da bin ich mit meiner Mama im wahren Leben doch recht gut bedient. Die ist zwar manchmal auch anstrengend, chaotisch und ein bisschen neben der Spur, aber wenigstens nicht so resigniert und frustriert. Hoffentlich komme ich bald wieder zurück. Mir gehen nämlich allmählich die Ideen aus, wie ich Steffen auf Abstand halte, hier zu Hause bei Mutti und Vati meine Rolle gut spiele und nicht in eine Falle dieser fremden Welt tappe, sodass wir auffliegen - Mama und ich.

Jetzt muss ich aber erst mal aufhören, auch weil mir die Hand schon total wehtut. Ich bin nicht gewöhnt, soooo viel per Hand zu schreiben!

Montag, der 26. März 1984

Ein kleines bißchen Ärger und ein ganz großes Glück!

Am Sonntag hat es zu Hause etwas Ärger gegeben, weil Vati wütend war. Abends war dann aber alles wieder gut. Gestern passierte außerdem etwas Schönes: Yvi hat versprochen, mir ein Fledermaus-Oberteil zu nähen.

Am tollsten war aber heute, dass gerade Schnurz wieder nach Hause gekommen ist! Ich bin vorhin noch kurz rausgegangen, um den Müll wegzubringen, und da kam er mir auf dem Hof entgegengelaufen. Ich habe ihn gleich heimlich mit in mein Zimmer genommen und er darf jetzt hier übernachten. Das hätte Vati bestimmt nicht erlaubt, aber er hat es zum Glück nicht bemerkt.

PS.: Bin eben noch schnell raus und hab den Müll mitgenommen, um es ganz natürlich erscheinen zu lassen. Hier gibt es übrigens so gut wie keinen Verpackungsmüll. Auch die Essensreste werden nicht weggeworfen, sondern an die zahlreichen Tiere verfüttert, die auf dem Hof leben: Hühner, Enten, zwei Schweine. So richtiger Bauernhofstyle ...

Ich starre in die Dunkelheit. Zuerst erkenne ich gar nichts. Doch dann taucht ein plüschiger Kater aus dem Schwarz auf. Schnurz! Er sieht genau so aus wie mein Kater Mister Moon, unglaublich!

Gleich hab ich 100-mal mehr Heimweh als sowieso schon!

Zum Glück ist Schnurz deutlich anschmiegsamer als Mister Moon, die alte Kratzbürste. Ich nehme den schnurrenden Kater auf den Arm und schleiche ins Zimmer hoch. Gleich wird dieser kuschelige Typ mit mir chillen!

Er hat noch ein bisschen was zu futtern bekommen und liegt jetzt schnurrend neben mir. Ich kann so gut verstehen, warum Mama ihn über alles geliebt hat. Schnurz ist so süß.

Gemeinsam schauen wir noch mal ins Hausaufgabenheft. Und dann: *Oh mein Gott!* Hier steht für den nächsten Tag eine Klassenarbeit in Russisch! Oh nein, wir sind damit also morgen bereits an dem Punkt angekommen, an dem alles mit einem lauten Knall auffliegen und Mamas Einser sich in *NICHTS* auflösen wird!

Nachdem ich das gelesen habe, muss ich dafür sorgen, dass ich morgen was zum Spicken habe. Zum Glück war ich geistesgegenwärtig genug, in der Russischstunde am Samstag mitzuschreiben, als Frau Schmidt bekannt gegeben hat, was in der nächsten Arbeit (morgen!!!) drankommen wird. So habe ich doch wenigstens ungefähr einen Plan, was von diesen Hieroglyphen auf den ausführlichen Spicker gehört.

Spicken und ein
Nachmittag in der City

Das mit dem Spicken hat erstaunlich gut geklappt! Das muss vor allem daran gelegen haben, dass meine Mutter als die bravste und langweiligste Streberin aller Zeiten in die Geschichte des Sozialismus eingegangen ist. Die spicken hier ohnehin schon deutlich weniger, als ich das in der Schule normalerweise gewohnt bin – aber Mama hat sich vermutlich in ihrer ganzen Schulzeit kein einziges Mal getraut, einen Spicker zu benutzen! Der Vorteil ist, dass deshalb auch kein Lehrer auf die Idee kommen wird, dass sie es jemals täte.

Ich profitierte heute also von der Streberarbeit, die Mama in 7 ½ Schuljahren an der Schule geleistet hat, und hätte praktisch geräuschvoll genau vor Frau Schmidts Nase im Buch nach den richtigen Vokabeln suchen können! Natürlich ist das Spicken hier im Altertum etwas mühsamer, als direkt aus dem Handy raus abzuschreiben, aber es geht trotzdem. Na gut, hoffentlich hat die ganze Anstrengung auch was gebracht ...

Nach dem Unterricht darf ich gehen, weil ich ja zum Bus muss, um meinen Ausweis in Wöbern abzuholen. LOL, so entgehe ich wenigstens dem Kindergartensport. Da die Ausweissache eine hochoffizielle Aktion ist, gibt Frau Nocker mir zähneknirschend frei.

Glücklicherweise habe ich die Zeitangabe zur Busabfahrt – viertel vier – richtig interpretiert: 15:15 Uhr. Dass Mama und Tante Yvi auch als Erwachsene ihren Ostslang teilweise beibehalten haben, rettet mich wirklich ab und zu. Dadurch sind mir einige Formulierungen und Sprüche hier wenigstens halbwegs vertraut. Mit Bayerisch und Hochdeutsch wäre ich sonst in der sächsischen Sprachlandschaft völlig verloren.

Während ich das erleichtert denke, höre ich, wie Mutti mir nachruft: »Anschi, deine FDJ-Bluse! Für die Feierstunde!« Sie hält ein zusammengefaltetes blaues Teil in der Hand.

»Oh ja, danke, Mutti!« Ich reiße das Ding an mich und mache, dass ich davonkomme.

Viertel nach drei sitze ich also im Bus nach Wöbern, der in Sichtweite unseres Hauses abfährt – und sehe mir das blaue Hemd genauer an. Nein, das werde ich definitiv nicht über dem T-Shirt (sorry: dem Nicki) tragen!

Yvi wartet schon an der Bushaltestelle in Wöbern. Ich kann sie gut zwischen den anderen Leuten ausmachen. Mit ihren seit gestern noch ein bisschen intensiver leuchtenden roten Haaren und den schwarzen Klamotten hebt sie sich vom allgegenwärtigen Einheitslook ab.

Wir laufen zum Polizeihauptquartier – oder wie auch immer sich das nennt – und hängen gefühlt 100 Stunden auf einer Bank in einem langen Flur rum. Gemeinsam mit etwa 20 anderen in meinem Alter, die alle ein FDJ-Hemd anhaben. Der Typ neben mir hat es in der Eile falsch zugeknöpft. Eine Polizistin, die durch den Flur schwebt, beäugt mich kritisch. »Wo ist denn deine FDJ-Bluse?«, rügt sie mich.

»Stand nicht auf der Einladung, dass wir sie anziehen sollen«, gebe ich genervt zurück.

Ihre Augenbrauen wandern nach oben, der Blick wird stechend. Yvi verkneift sich ein Grinsen.

Ein Mädchen, das neben mir sitzt, meint: »Ich hab noch eine Ersatz-Bluse dabei, die kannst du gern haben.«

Bevor ich ablehnen kann, piekt Yvi mir den Ellbogen in die Seite und bedeutet mir mit den Augen, das Angebot anzunehmen. Ich komm mir zwar etwas blöd vor, einmal, weil ich selbst das Ding ja in der Tasche hab (mir aber jetzt nicht die Blöße geben will, es vor aller Augen rauszuholen), zum anderen, weil ich wirklich keinen Bock hab, es anzuziehen. Vor allem verstehe ich nicht, warum ich bei so 'ner Lappalie klein beigeben soll. Ich kann anziehen, was ich will – oder?! Nee, kann ich nicht. Da Yvi es offenbar für besser hält, die Klappe zu halten und das Teil überzuwerfen, werde ich es wohl oder übel tun – egal, wie sehr sich alles in mir sträubt. Ich kann nicht dauernd nachfragen, wenn ich etwas nicht verstehe. Passt mir nicht, ist aber so.

»Danke, gern«, sag ich deshalb zu meiner hilfsbereiten Sitznachbarin.

Sie reicht mir die Bluse. Hilft mir, ohne mich jemals vorher gesehen zu haben, ohne dass sie das tun muss, einfach so. Solche Aktionen finde ich immer cool.

Ich streife mir widerwillig die blaue Einheitstarnkappe über, bevor wir alle nacheinander hereingerufen werden, um unsere Ausweise in Empfang zu nehmen. Danach wird eine Feierstunde angekündigt. Ich sehe aber, dass sich mindestens die Hälfte der Leute bereits unauffällig in Richtung Ausgang bewegt – die scheinen alle wenig Bock auf sozialistisch angeordnetes Feiern zu haben. Ich gebe an der Tür das geliehene Blauhemd zurück und verabschiede mich bei der netten Leidensgenossin.

Später sitzen Yvi und ich in der Eisdiele Schöne, dem Eiscafé in Wöbern, und löffeln zufrieden unsere Eisbecher. Vanille und Schoko schmilzt auf der Zunge. Die FDJ-Bluse liegt zerknittert ganz unten in meiner Tasche. Und dann fügt sich ein weiteres Puzzlestück ins große Ganze, denn Yvi erzählt mir etwas über Vatis Vergangenheit:

Antennen von den Dächern – was am 29.08.1961 passiert ist

(Krass, das war ja Opas 17. Geburtstag. In unserer Familie scheint es zur Tradition zu sein, an Geburtstagen sehr eigenartige Sachen zu machen!)

Die Aktion lief unter dem Namen ›Ochsenkopf‹, weil wohl der Fernsehturm so heißt, der im Westharz (und damit im früheren Feindesland der DDR, in Westdeutschland) seit 1958 aufgebaut war. Die Station sendete in Richtung DDR. Hier war bekannt, dass der Sender von der Stasi – dem DDR-Spitzeldienst – gestört wurde und es deshalb fast unmöglich war, Sendungen von dort zu empfangen. So versuchten die Leute in der DDR durch speziell ausgerichtete Antennen, doch irgendwie die Sendungen aus dem Westen einzufangen und auf ihre Bildschirme zu bekommen. Leider sah man auf den Dächern, welche Antennen für den Empfang in Richtung Ochsenkopf oder auch in Richtung Westberlin ausgerichtet waren. Das war dann auch wieder ein Problem, weil man ja eigentlich kein Westfernsehen sehen durfte. In den 50er- und 60er-Jahren war das in der DDR wohl noch richtig verboten. Jetzt in den 80ern ist es nur noch ›unerwünscht‹.

Jedenfalls wollte eben im Jahr 1961 die FDJ-Leitung oder die Schulleitung (was hier alles irgendwie aufs Gleiche hinauszulaufen scheint), dass die Schülerinnen und Schüler aus der Oberstufe auf die Dächer steigen und diese Antennen umknicken. Daraufhin fanden Versammlungen in den einzelnen Klassenstufen statt. Vati alias Herbert R. meldete sich zu Wort und stimmte diesem ›Vorschlag‹ nicht zu. Daraufhin befahl der Direx, dass er direkt am nächsten Tag eine schriftliche Stellungnahme zu seinem Verhalten an der Wandzeitung veröffentlichen sollte.

Nach der Versammlung fanden die anderen Schüler Herbert toll. Alle erklärten, dass sie seine Stellungnahme sofort unterschreiben würden, wenn er sie aushängte, sie seien der gleichen Meinung wie er. Am nächsten Tag heftete Herbert stolz die Stellungnahme an die Wandzeitung. Darin hatte er geschrieben, dass er es ablehne, ins persönliche Eigentum anderer Menschen einzugreifen und fremde Grundstücke zu betreten.

Leider blieb seine Unterschrift die einzige unter der Stellungnahme. Alle anderen kniffen.

Herbert flog aus der FDJ. Welches Problem man damit haben kann, war für mich erst mal schwer vorstellbar, aber hier kommt's: Der Haken daran war nämlich, dass damit eine ›schlechte politische Beurteilung‹ über ihn feststand. Und das bedeutete, dass er nach dem Abi erst mal keinen Direktstudienplatz bekam. Sondern er erhielt die - nicht wirklich begeisternde - Empfehlung, sich ›in der Produktion zu bewerben‹ (was in etwa heißt: ›Such dir gefälligst 'nen Hiwi-Job!‹).

Herbert hatte Forstwirtschaft studieren wollen - das konnte er jetzt knicken. Er war offensichtlich schon damals so was wie ein verkappter Waldschrat. Das ist er auch sein Leben lang geblieben, soweit ich das beurteilen kann. Auch wenn er nie beruflich in Feld und Wald rumlaufen durfte, nutzt er doch ansonsten jede Gelegenheit dazu.

Nachdem ich das eben alles zu Papier gebracht habe, erscheint gerade noch ein Eintrag in Mamas Tagebuch.

Dienstag, der 27. März 1984

Der Tag, an dem ich meinen Perso bekam

Heute haben wir eine Klassenarbeit in Russisch geschrieben. Britt hat eigentlich vorgehabt, bei mir abzuschreiben. Leider hat Frau Schmidt sie aber vor der Arbeit gleich nach hinten gesetzt, so konnte ich ihr gar nicht helfen. Hoffentlich bekommt sie nicht wieder eine Vier!

Am Nachmittag fuhr ich nach Wöbern und holte meinen Perso ab. Nach langer Wartezeit zwei Unterschriften setzen - fertig. Zur Feierstunde bin ich nicht gegangen. Dafür habe ich mit Yvi in der Eisdiele in Wöbern einen großen Eisbecher gegessen.

Schon wieder Kiddie-Alarm!

Ohhh Mann! Ich kann kaum noch den Stift halten vor Wut.

Ich hatte mich schon so auf meinen freien Nachmittag nach einem kurzen Schultag heute gefreut, da realisiere ich, dass ich heute einen Pioniernachmittag bei unserer Patenklasse anbieten muss. Und das Ganze auch noch ohne Britt oder irgendwen sonst, der mir soufflieren könnte. Ich habe nämlich in unserer Klasse den großartigen Posten › Verantwortliche für die Zusammenarbeit mit der Patenklasse‹. Das ist eine altmodische, sozialistische Variante von unserem heutigen Tutorenprogramm. Nur langweiliger. Ich muss es ganz allein tun!

Direkt nach der letzten Stunde kommt eine junge, blonde, ein bisschen bedeutungslos aussehende Frau angerauscht. Später bekomme ich mit, dass das Frau Ammer ist, die Pionierleiterin. Sie trägt eine blaue Plastikbluse mit einem uncoolen Aufnäher an der Schulter. Eine FDJ-Bluse, wie mir im nächsten Moment klar wird. So etwas habe ich schließlich gestern erst in der Hand gehabt. Sie labert mich an – und ich bekomme gerade so die Kurve. Beinahe hätten alle gemerkt, dass ich überhaupt nicht peile, worum es geht. »Antje, du hast ja in der Pause vorhin die Spielekiste gar nicht abgeholt. «

›Äh nö, habe ich nicht. Mir war auch nicht klar, dass wir spielen wollen‹, hätte ich am liebsten geantwortet. Stattdessen murmele ich mit gespieltem Schuldbewusstsein vor mich hin: »... und Bauchschmerzen gehabt, ich saß die ganze Zeit auf der Toilette fest ... «, was *SEEEEHR* überzeugend rüberkommt, weil alle in der Klasse gesehen haben, dass ich die gesamte Pause mit Britt und Steffen rumgeblödelt und ganz sicher keinerlei Anzeichen von Bauchweh gezeigt habe. Da Mama als 14-Jährige offensichtlich auch nie gelogen hat, sehen mich alle so bestürzt an, als würde ich gerade versuchen, den Dalai Lama zu linken.

Jedenfalls tappe ich halt wieder in so eine Kiddie-Falle, der ich gestern gerade entgangen bin (ich sage nur: Kindergartensport). Ich darf heute zur Abwechslung mal zwei Stunden die Kiddies aus der zweiten Klasse bespielen. Solche Events stehen offensichtlich alle zwei Wochen mittwochs auf meinem Terminplan.

Ich improvisiere. Wohl nicht gut genug. Am Ende blickt mich Frau Ammer streng an und meint: »Der Besuch bei der Patenbrigade am übernächsten Mittwoch muss aber besser vorbereitet sein. Wir sehen uns nächsten Freitag sowieso zur Jugendstunde. Bleib doch danach gleich noch kurz da, dann sprechen wir den kommenden Pioniernachmittag in der Patenklasse durch, ja? Der sollte nämlich richtig schön werden!«

DANKE für das berauschende Feedback! Jugendstunde, Pioniernachmittag, Patenbrigade – all diese Worte klingen definitiv nach etwas, das langweilig ist oder Arbeit macht. Vielleicht auch beides. Also etwas, auf das ich garantiert *keinen* Bock habe!

Ich stürze die Treppe runter und raus aus der Schule.

Zumindest mit ihrem Beruf scheint sich Mama einen Traum erfüllt zu haben, den sie offenbar als junges Mädchen schon hatte. Sie ist Kindergartenleiterin und darf jetzt den ganzen Tag kleine Nervensägen um sich herumhaben. Da die Mini-Quälgeister sie alle abgöttisch lieben, scheint sie als Zwergen-Dompteuse ganz gut zu sein.

Ein Buch der anderen Art

Highlight des Tages ist der Zeichenzirkel, in dem ich vor mich hinmalen und außerdem heimlich Axel anschmachten kann. Das ist nur für meinen Heimweh-Level nicht so günstig, da ich dann voller Tomek-Gedanken bin.

Ansonsten gibt es viele Gedanken in mir, die weit unangenehmer sind. Auch wenn sich Vati langsam wieder etwas beruhigt hat, spüre ich, dass da etwas im Hintergrund lauert. Etwas, das das Leben hier zu bestimmen scheint. Und obwohl mir eine gewisse Intuition mitgegeben wurde, die es mir etwa ermöglicht, in Russisch so zu tun, als wüsste ich, worum es geht, bleiben doch eine ganze Menge Fragen offen.

Wenn ich darauf keine Antworten finde, werde ich vermutlich nie wieder in mein wahres Leben zurückkommen – zu Mama, meiner erwachsenen Tante Yvi, meiner coolen BFF Sarah und dem süßen Tomek ...

Ich schleiche in Yvis Zimmer. Wenn mir etwas weiterhilft, dann finde ich das sicher hier! Und schon sehe ich's: Yvis Bücherregal könnte eine heiße Spur sein! Bisher hab ich mich ja nur auf die ›nls‹ konzentriert, jetzt durchsuche ich die Bücher. *Kleines politisches Wörterbuch*, Wolfgang Borcherts *Die Hundeblume*, dicke Wälzer von einem Tschingis Aitmatow und zu meiner großen Überraschung einige Bücher von Marx und Lenin – dabei hatte ich angenommen, diese Typen findet Yvi total schlimm!

Wenn ich richtig liege, sind die doch so was wie die Erfinder des Sozialismus ... und Yvi ist nicht gerade begeistert von ihrem eingeschränkten Leben hier ... doch halt, da fällt mir ein, was ich auch von ihr weiß: Tante Yvi hat mir mal erzählt, dass sie die Idee Sozialismus eigentlich top fand – nur die Umsetzung hat irgendwie nicht funktioniert. Ich meine, jeder Mensch, der halbwegs okay ist, wird das Konzept soziale Gerechtigkeit und gleiche Chancen für alle gut finden! Warum nur hat es nicht geklappt? Weil am Ende doch ein paar Leute die Macht an sich gerissen haben, denen es vor allem um sie selbst ging? Ratlos starre ich auf das *Politische Wörterbuch*. Dann nehme ich es mit und werfe mich in meinem Zimmer aufs Bett, wo ich den Wälzer durchblättere: Jugendstunde steht nicht drin, aber Jugendweihe. Die findet demnach auch in der 8. Klasse statt. *HOFFENTLICH* entkomme ich vorher aus dieser sozialistischen Zirkusarena!

Leicht panisch blättere ich weiter. Patenbrigaden sind nicht drin. Aber hier: ›Pionierorganisation Ernst Thälmann: einheitliche, sozialistische Massenorganisation der Kinder der DDR. In ihr sind auf freiwilliger Grundlage die Mädchen und Jungen der 1. bis 7. Klasse organisiert.‹ usw. ...

›Freiwillig‹ ist unterstrichen, wahrscheinlich von Yvi.

Und hier: FDJ = ›Freie Deutsche Jugend: einheitliche, sozialistische Massenorganisation der Jugend in der DDR (1981: 2,3 Mill. Mitglieder), gegründet blablabla Kampfreserve der Partei ... Haß und Abscheu gegen Imperialismus, Faschismus ...‹

Puh, das klingt alles nicht so gut, auch wenn ich nur Null-Komma-ganzwenig von dem verstehe, was die da eigentlich sagen wollen. Benommen bleibe ich auf dem Bett sitzen. Das *Politische Wörterbuch* behalte ich erst mal hier, Yvi hat sicher nichts dagegen.

Abends im Bett nehme ich es noch mal zur Hand. Als ich es aufschlage, fällt ein kleiner Zettel heraus und segelt langsam zu Boden. Ich hebe ihn auf: Yvi hat einige Zitate darauf gekritzelt und mit Kommentaren versehen. Ja, meine Tante war damals schon speziell. Ich muss grinsen, während ich den Zettel lese.

Die herrschenden Ideen
einer Zeit waren stets nur
die Ideen der herrschenden
__Klasse__ (Karl Marx)
→ Sind diese Ideen
wirklich __unsere eigenen?__

Die Philosophen haben
die Welt nur verschieden
__interpretiert__;
es kommt aber darauf an,
sie zu __verändern__.
(Karl Marx)
→ Na dann: __los geht's!__

Klug ist nicht, wer keine Fehler macht.
Klug ist der, der es versteht,
sie zu korrigieren.
(Wladimir Iljitsch Lenin)
→ Siehe oben,
FANGEN WIR GLEICH
DAMIT AN!

Ankündigung von meiner großen Schwester

Ich habe Schule und PA hinter mich gebracht und fühle mich erschöpft: Wenn man nur den Sonntag frei hat und an diesem Tag dann *auch noch* vor acht Uhr morgens aufstehen muss, fehlt einem irgendwann wirklich die Erholung! Platt liege ich auf dem Bett und wünsche mir einen großen Knall, der mich sofort wieder in die Realität zurückbefördert, und zwar in *meine* Realität! Stattdessen klopft es und Yvi kommt rein.

»Hast du kurz Zeit?« Sie blickt mich mit verschwörerischer Miene an. »Also, ich habe beschlossen, dass du am Montag mit nach Wöbern kommst. Ich will dir da was zeigen. Die Junge Gemeinde.«

»Aha«, antworte ich kraftlos.

Sie fährt fort: »Du kannst den Bus um dreiviertel vier nehmen. Ich hol dich vom Bahnhof ab und wir fahren später zusammen mit dem Moped nach Hause zurück, okay?« Mittlerweile steht Yvi am Fenster und schaut hinunter auf den Hof. Was sieht sie da? Ich rapple mich auf und sehe, wen sie beobachtet: Vati.

Yvi redet vor sich hin, als wäre ich gar nicht da. »Was mich wirklich langsam nervt, ist, dass irgendwas bei Vati nicht in Ordnung ist.«

Nun scheint sie mich wieder wahrzunehmen. »Ich glaube, dass er wegen dieser Antennenaktion damals heute so komisch ist. Und ich denke, er hat immer noch Stress. Wahrscheinlich nicht mehr wegen der alten Geschichte. Ich schätze, er hat aktuell ein Problem in der Arbeit. Vielleicht auch mit jemandem privat. Und irgendwer haut ihn in die

Pfanne, deshalb ist er so fertig – und noch anstrengender als sonst. Ich weiß, dass er in den letzten Wochen schon dreimal bei der SED-Trine in seinem Betrieb antanzen musste. Das habe ich zufällig mitbekommen, als er neulich mit Tante Beate geredet hat. Und ich glaube, dass Tante Beates neuer Freund verdächtig ist. Was meinste?«

Ähhhm. Verdammt! Ich hab nicht mal gewusst, wer Tante Beate ist, bevor die letztes Wochenende hier auftauchte. Und in meinem wahren Leben wurde nie etwas von ihr erzählt. Wieso ist nun ihr Freund verdächtig? Von welchen *Problemen* faselt Yvi? Ich habe *gar keine Ahnung!*

Auch wenn ich mich wiederhole: Mama hätte ruhig auch ein paar relevante Themen in ihrem Tagebuch festhalten können. Ich habe langsam wirklich Mühe, hier nix durcheinanderzubringen, was vielleicht die ganze Zukunft versauen könnte, sodass ich mich am Ende selbst ausradiere – und dieses alte Tagebuch ist da echt nur wenig hilfreich. Yvi leider auch nicht, denn ich kann ihr ja schlecht die Wahrheit sagen!

Also nicke ich nur und versuche, mich an Fakten zu halten. »Okay, also dann am Montag nach Wöbern«, bestätige ich.

Yvi umarmt mich kurz und geht dann in ihr Zimmer. »Gute Nacht!«

Ich bin im Übrigen ziemlich sicher, dass ich mich auch an keinerlei Eintrag zu einer *Jungen Gemeinde* in Mamas Tagebuch erinnern kann ... Doch eben fällt mir wieder ein, dass ich am Abend vor meinem Geburtstag in meinem wirklichen Leben bemerkt hatte, dass im Tagebuch meiner Mutter Seiten rausgerissen worden sind – ganz viele so in der zweiten Maihälfte, glaube ich.

Und an diese eine bestimmte Seite erinnere ich mich nun auch wieder: völlig schwarz, mit einem kleinen grünen Herzen in der Ecke ...

Oh Mann, worauf treibe ich da nur zu?

Die Tür zum Klo der Königin

Das war mal interessant heute! Ich hab wohl so vier oder fünf Stunden *GAR NICHT* an mein wirkliches Zuhause gedacht – und auch nicht daran, *WIE GERN* ich einen Samstag mit Sarah und den anderen Mädels gehabt, *WIE GERN* ich Tomek getroffen und mich mal wieder mit Mama unterhalten hätte.

Der Tag war gut. Es gab nur morgens in der Schule mal eine Situation, die irgendwie ... hmmm – beklemmend war. Also: Steffen, Britt, Nadine und ich albern miteinander rum und beginnen schließlich, Witze zu reißen.

Die Jokes zu politischen Themen, die dabei erzählt werden, finde ich wirklich nicht gerade supergewagt. Steffen und die Mädels sehen das offenbar anders. Steffen wirft einen kurzen Blick über die Schulter, bevor er grinsend erzählt: »Die Amis sind bis zum Mond gekommen. Hätten sie uns mal in der DDR besucht, da hätten sie Raketentreibstoff gespart. Wir leben schließlich *hinterm* Mond!«

Sein Lachen erstickt, weil Britt ihm deutlich signalisiert, dass sich hinter seinem Rücken seit dem Schulterblick etwas geändert hat: Sie zieht stumm eine Augenbraue hoch und fragt: »Sagt mal, habt ihr das gerafft, was wir in der Mathe-Hausaufgabe machen mussten?«

Britt steht Steffen gegenüber und hat deshalb sehen können, dass hinter ihm gerade Frau Ammer aufgelaufen ist. Die hat mich offensichtlich auf ihrem Weg durch den Flur bemerkt und will nun natürlich zu mir, um mir ein bisschen Druck vorm Wochenende zu machen. In dem Moment fällt mir wieder ein, dass ich ja demnächst auf irgendeinem Paten-Event vortanzen und mein Ablosen vom Mittwoch wiedergutmachen soll. Das hatte ich Glückliche erfolgreich verdrängt!

»Was ist denn daran so lustig, Steffen?«, fragt Frau Ammer.

Steffen (sonst eher der Typ, dem nichts so schnell die Sprache verschlägt) dreht sich um und brummelt etwas Unverständliches, bevor er sich auf seinen Platz verdrückt.

Frau Ammer schickt ihm einen ungnädigen Blick hinterher, den sie im nächsten Moment auf mich heftet. »Und, Antje, wie weit bist du denn bisher mit der Vorbereitung für übernächsten Mittwoch gekommen?«, stellt sie die gefürchtete Frage.

»Äääh, ich habe da so mehrere Ideen, ich denke übers Wochenende genauer nach, was am besten passt.« Puh, noch mal davongekommen. Ich muss echt aufpassen. Frau Ammer ist meine Low-Performance vom vergangenen Mittwoch ziemlich auf den Magen geschlagen, jedenfalls wird sie wohl noch eine Zeit lang mit dem Thema nerven. *MIST.*

Sehr viel besser läuft der Tag zum Glück anschließend weiter! Als ich aus der Schule komme, gibt es Mittagessen: Spaghetti mit Tomatensoße und ›Jagdwurst‹ – bisschen anders als ich Spaghetti kenne, aber auf eine gewisse Art *absolut geil.*

Vati ist unterwegs. Mutti, Yvi und ich lassen es uns schmecken und machen die ganze Zeit Witze.

Es geht mit etwas Albernem los: Wie stellt man fest, dass Spaghetti gar sind? Mutti meint, sie hätte mal gehört, dass man die dafür an die Decke schmeißen müsste.

Ich: »Wie, den ganzen Topf?«

Sie: »Nein, nur eine oder zwei. Guck mal, so.« Kurzerhand fischt sie mit dem Holzlöffel zwei Spaghetti raus und haut sie durch die Küche. Tatsächlich bleiben sie kurz an der Decke hängen, bevor sie sich langsam lösen und nacheinander neben dem Herd auf den Boden platschen.

Yvi hält sich den Bauch und bekommt keine Luft mehr vor Lachen. Ich muss mitlachen, obwohl ich erst sekundenlang nicht fassen kann, was Mutti da getan hat. Sie scheint wie ausgewechselt. Zum ersten Mal, seit ich hier bin, erinnert sie mich tatsächlich an sich selbst – an die Oma Gudrun, die ich in meinem wirklichen Leben kenne. Die lustig ist und für jeden Unsinn zu haben ...

Wir blödeln und albern weiter und es ist – unglaublich. Wie in meinem wirklichen Zuhause, wenn gerade alles so richtig gut ist.

Unfassbar, was für einen Unterschied es macht, ob jemand entspannt ist oder unter Stress steht. Jeder kennt ja diese Situationen, wenn zu Hause Krach zwischen den Eltern herrscht – oder Ärger wegen schlechter Schulnoten. Dann steht die Luft auf diese unangenehme Art, die das Atmen schwer macht und das Lachen unmöglich.

Unwillkürlich muss ich wieder an die Situation vorhin nach Steffens Witz denken: Da fühlte sich auch auf einmal alles so bedrückend an. Als hätte uns alle vier jemand mit eiserner Kralle am Nacken gepackt, um uns im nächsten Moment zu schütteln, aus unserem Leben rauszuheben und an einen Ort zu bringen, wo's definitiv nicht cool ist.

Aber vielleicht stehe *ich* auch einfach ein bisschen unter Stress im Moment und übertreibe.

Hier in dem Spaghetti-Moment ist jedenfalls erst einmal *ALLES GUT*.

Nach dem Essen erledigen wir zusammen den Abwasch, die Stimmung ist immer noch klasse.

Dann geht's los: Ich fahre zum ersten Mal mit Yvi mit dem Moped mit. Also, *ich* als Antje jetzt. Die richtige Antje hat das natürlich schon öfter getan.

Yvi reicht mir einen Helm. Ich steige hinter ihr auf und ab geht's.

Wir fahren nach Burgau, das ist eine kleine Stadt, etwa 15 Kilometer von Hohnberg entfernt. Heute steht ein Besuch bei Tante Beate auf dem Programm und ich platze fast vor Neugier. Beate selbst habe ich zwar schon kennengelernt, aber wenn wir bei ihr zu Hause gewesen sind, werde ich bestimmt Antworten auf einige meiner Fragen bekommen. Ich bin gespannt, wie sie lebt.

Meine Vorstellung, die ich vom Aussehen eines Künstlerhaushalts habe, wird komplett enttäuscht: Wir halten vor einem grauen 0815-Mehrfamilienhaus und auch im Inneren verbirgt sich auf den ersten Blick nichts Aufregendes. Im Wohnzimmer steht die gleiche (!) Anbauwand wie bei Vati und Mutti, das Sofa wirkt auch ziemlich ähnlich. Trotzdem, insgesamt sieht es anders aus als bei Vati und Mutti. Es gibt drei farbige Wände, alle in verschiedenen Grüntönen gestrichen. Und die Küche scheint extra dafür gemacht, dass mehrere Leute um den riesigen runden Tisch sitzen und diskutieren. Oder sich Geschichten erzählen, essen, zusammen lachen.

Es gibt Kuchen – vom Bäcker, nicht selbst gemacht, wie Tante Beate überraschend stolz verkündet. Mir schmeckt der mit der dicken Zuckerschicht und den Mandeln am besten.

»Haste was Neues gemalt?«, fragt Yvi, kaum dass sie den letzten Krümel verschlungen hat.

»Ja. Wollen wir mal nach oben?«

Und dann gehen wir auf den Dachboden. Tante Beate hat es irgendwie geschafft (später erfahre ich, dass das ziemlich schwierig gewesen sein muss), einen riesigen Raum auf dem Dachboden zusätzlich zu ihrer Wohnung anzumieten.

Als wir reinkommen, verschlägt es mir den Atem. Tante Beate hat das Licht schon von außen angeknipst, deshalb stehen ihre Bilder, Collagen und Skulpturen jetzt im Scheinwerferlicht, als hätten sie sich extra für uns in Pose geworfen. Eine Ansammlung komischer, trauriger, unscheinbarer und auffälliger Werke.

Nur eins haben sie alle gemeinsam, das erkenne ich erst auf den zweiten Blick: Bei jedem spielt die Farbe Grün eine Rolle. Und noch öfter wenig Grün in ganz viel Schwarz-Weiß-Grau. Oft hat Beate mit Kohle oder Bleistift gemalt – große, graue Flächen. Dazwischen findet sich ein grüner Klecks, ein Blatt oder ein grasgrüner Schnörkel.

Da ist ein riesiges Stück Leinenstoff, weiß, ganz leer und mitten drauf klebt ein Grasfleck. Oder eine Skulptur aus Menschen, die zu einer Mauer zusammengewachsen sind. An einer Stelle gibt es ein kleines Büschel Gras, das sich unter ihren Füßen hervorkämpft.

»Woraus ist die Skulptur?«, frage ich.

»Aus Zement. Und das da unten kennste, oder?« Sie grinst und ruft dann lächelnd: »Ja, Ostergras!«

Als wir zurückfahren, klammere ich mich an Yvi fest, während wir uns in die Kurven legen. Langsam finde ich es spannend, hier zu sein. Auch wenn mir mein Zuhause fehlt und ich natürlich immer noch möglichst schnell zurück will ...

Alles ist neu und mir ist, als hätte jemand eine Tür vor mir aufgemacht, die ich vorher in der Wand überhaupt nicht bemerkt habe.

Mir fällt ein, wie ich vor Jahren mit Mama in München auf Schloss Blutenburg bei einer Führung dabei war. Die Frau, die das Ganze leitete, zeigte uns dabei eine winzige Tür, die genauso tapeziert war wie die Wand drumherum. So konnte man auf den ersten Blick nicht sehen, dass dort eine Tür war.

Solch eine kleine, unverhoffte, scheinbar nicht vorhandene Tapetentür hat sich heute auch hier für mich geöffnet.

Die im Schloss Blutenburg führte zu einem versteckten Klo für die Königin.

Heute Sintflut?

Gestern war alles grün und froh und spannend – heute regnet es. Es gießt. Als hätte der Himmel sich entschlossen, den gestrigen Tag wegzuwaschen, alles in eisigem Grau zu ertränken.

Komisch, sonst mag ich Regen, aber hier deprimiert er mich. Dass es außerdem immer noch eisig ist, trägt auch nicht gerade dazu bei, meine Laune zu heben.

Wenn ich in die Jugend meines Vaters gereist wäre, hätte das auf jeden Fall den Vorteil gehabt, dass es da wärmer gewesen wäre. Er ist in Portugal aufgewachsen, später zum Studieren nach Deutschland gekommen und geblieben. Vielleicht reise ich beim nächsten Mal nach Porto? Falls es ein nächstes Mal gibt. Wofür ich zuerst einmal aus dieser Vergangenheit hier rauskommen müsste ... Das wird sicher gelingen! Sicher! Ich will gerade nicht weiter darüber nachdenken ...

Noch dazu ist heute rein gar nichts passiert – außer dass irgendeine höhere Macht wohl vorhat, mein Mittelalter-Experiment endlich (!) zu beenden, indem sie eine neue Sintflut inszeniert.

Yvi hat sich hinter Büchern vergraben. Ich hab auf gar nichts Lust, nicht mal auf die ›nls‹. Liege auf dem Bett und wenn ich die Augen schließe, sehe ich Tomek. Seine Augen. Seinen Mund. Ich spüre, wie mir die Tränen kommen. Was er wohl gerade tut? Ob er auch an mich denkt?

SCHEISS-ZEITREISE-KATASTROPHE!

Die Mode und ein Abend mit eiskaltem Ende

Fast bin ich froh, als ich nach dem langweiligen Sonntag am Morgen endlich in die Schule starten kann. Langsam wird mir klar, warum Mama auch heute noch davon ausgeht, dass man sich auf die Schule oder einen stinknormalen Wochentag freuen kann. Bei den ereignislosen Wochenenden, die sie als Teenie hatte, wurde sie darauf trainiert, sich auf so was wie *Schule* zu freuen, so sieht's aus!

Ich zuckele mit Britt zur Schule, sie labert und labert ... und dann zwei Stunden Mathe. Okay, das alles ist auch nicht aufregender als der Sonntag.

Ich lenke mich mit dem Nachdenken über Mode ab. Etwa, darüber, wie sich die Ideen zur Mode damals und heute doch ein wenig ähneln: Gestern habe ich gesehen, wie Yvi nach ihrem Lernmarathon ein dickes Unterhemd von Vati unter den Ärmeln auftrennte, dort Dreiecke aus glänzendem Stoff einsetzte und dann das ganze (vorher langweilig graue) Teil in der Badewanne schwarz färbte. Voilà, wieder war eines ihrer legendären Fledermausoberteile geschaffen.

Gut, heute betreibt man weniger Aufwand und zieht einfach die abgelegten Hemden von Vater (in meinem Fall Stiefvater), großem Bruder oder Onkel an. Dann kombiniert man das Ganze mit einem langen, schmalen T-Shirt drunter, Leggings, coolen Schuhen und Schmuck. Aber prinzipiell gleich geblieben ist, dass man ab und an mal die Schränke älterer Männer plündert.

Mitten in diesen tiefgründigen Überlegungen ruft mich ein anderer älterer Mann nach vorn. Herr Brenner, unser Mathelehrer.

Ich stolpere zur Tafel und sehe nur:

$(a-3)2 =$

OMG. Binomische Formeln! Keine Ahnung!

Herrn Brenners aufmunterndes Lächeln kann ich leider nicht erwidern, während ich schwitzend an der Tafel stehe.

So geht der Schultag weiter, ohne dass ich gerade große Lust hab, hier jetzt meine ganzen kleinen Pannen ausführlich zu beschreiben.

Abends geht's dann endlich in die Junge Gemeinde. Ich bin ganz aufgeregt, als ich in den Bus steige. Vati haben wir erzählt, es gäbe heute in Wöbern ›Knöchelturnschuhe‹. In den ›nls‹ habe ich recherchiert, dass es sich dabei um eine altmodische Variante von Chucks handelt. Also auf jeden Fall Schuhe, die es hier fast nie gibt und die sich alle verzweifelt wünschen.

Ich fahre gegen 16 Uhr mit dem Bus nach Wöbern. Das Junge-Gemeinde-Ding, zu dem wir eigentlich wollen, geht erst so um 18 Uhr rum los. Aber wenn wir so spät starten, würde Vati ja auffallen, dass die Geschäfte schon zu sind und wir definitiv zu spät für eine Shoppingtour in der City von Wöbern rumlaufen.

In der für Vati erfundenen Story treffen wir uns nach dem Einkaufen angeblich noch mit einer Schulfreundin von Yvi, mit der sie etwas für die Schule vorbereiten will. Danach kommen wir dann mit dem Moped zurück nach Hause. 21:30 Uhr werden wir spätestens daheim sein (was in Vatis Welt eine absolute und unerhörte Ausnahme ist). Soweit die Version, die wir ihm verkaufen. Wenn man bedenkt, dass ich 14 Jahre alt bin und Yvi übermorgen sogar schon 17 wird … Na ja, sei's drum. Ehe wir ihn misstrauisch machen, spielen wir lieber mit.

Auf meinen Einwurf, was wir Vati denn sagen wollen, wenn wir ohne Chucks, ähhh, nein, Knöchelturnschuhe nach Hause kommen, rollt Yvi die Augen. »Was wohl? Sie waren schon aus und es sollen angeblich nächsten Montag wieder welche kommen!«

Ach ja, klar. Dann würden wir uns eben eine Woche später wieder in die Schlange stellen, um dabei zuzusehen, wie uns andere irgendwelche hässlichen Latschen vor der Nase wegkaufen (die wir nur wollen, weil die Orthopädieschuhe, die wir gerade anhaben, noch schlimmer sind). Wie konnte ich bloß vergessen, wo ich bin …

Yvi holt mich am Busbahnhof ab. Da wir noch Zeit haben, bummeln wir durch Wöbern und betrachten Schaufenster. Die meisten sind ziemlich leer. Oder es stehen solch attraktive Gebilde wie Dosenpyramiden in den Auslagen. Für mich unbekannte Blickfänge in der kleinen Wöberner Fußgängerzone sind dafür Plakate mit Sprüchen wie *Arbeite mit, plane mit, regiere mit* oder *Sein Name wird durch die Jahrhunderte fortleben und so auch sein Werk* mit einem bärtigen Porträt darüber.

Schließlich bleibt Yvi vor einem Schaufenster stehen, das etwas weniger trübsinnig als die anderen aussieht. ›Exquisit‹ lese ich über der Eingangstür. Das ist wohl so etwas wie ein Marken-Shop der DDR. Yvi wirkt beeindruckt. Ich finde die Klamotten nicht gerade umwerfend. Verglichen mit den anderen Schaufenstern sind die vom ›Exquisit‹ aber immerhin halbwegs ansprechend dekoriert.

»Guck mal, der schwarze Pulli mit Glitzer, da links!« Yvi schaut sehnsüchtig. »Schade, dass da drin alles so teuer ist.«

Seufzend zieht sie mich weiter in den ›Intershop‹.

»Komm, wir gehen ein bisschen Westluft schnuppern.« Sie grinst schon wieder.

Wir stehen in einem winzigen Laden, der vollgestopft ist mit Schokolade, Waschmitteln, Kaffee, Kosmetikprodukten, Shampoo, Duschbad ...

»Mmmh.« Yvi inhaliert die Luft zwischen den Regalen. »Gut, was? Riecht nach Westen.«

Ich schnuppere. Weichspüler-Schokolade-Kaffee-Aroma. So riecht also für DDR-Menschen der Westen.

Schließlich fahren wir mit dem Moped zu einem kleinen Haus, das direkt neben der Kirche steht. Wir gehen rein und stehen in einer Art Wohnung. In der Küche hängen schon ein paar andere Leute rum. Die meisten sind in Yvis Alter oder ein paar Jahre älter. Sie lachen und reden miteinander. Einige winken zu Yvi rüber. Doch bevor uns jemand ansprechen kann, stürmt auch schon ein Typ auf uns zu, der mir total bekannt vorkommt. Woher kenn ich den denn bloß?

Da dämmert es mir! *Oh Mann*, das glaub ich jetzt nicht! Ich werde genau in diesem Augenblick Zeugin, wie Tante Yvi und Onkel Uwe sich kennenlernen! Na gut, sie kennen sich wohl doch schon ein bisschen (sie *küssen* sich zur Begrüßung sogar kurz!), aber sicher noch nicht sehr lange. Ich bin also zumindest ganz zum Anfang ihrer Liebe mit dabei. Wie rührend! Hey, ich bin die Einzige hier, die weiß, dass die beiden auch in gaaaanz vielen Jahren im nächsten Jahrtausend noch glücklich miteinander sein werden! Wie geil ist das denn?!

Uwe sieht fast genauso aus, wie ich ihn kenne. Das fühlt sich so vertraut und gut an, dass ich vor Erleichterung fast heule. Ich hab den wilden Impuls, ihm um den Hals zu fallen. Doch das würde alle hier irritieren! So grinse ich ihn nur breit an. Selbst das fällt ihm zum Glück nicht auf, denn er hat nur Augen für Yvi. Die stellt ihn mir als Uwe vor. Ich unterdrücke mein wissendes Lächeln und gebe ihm die Hand.

Langsam trudeln mehr Leute ein. Die meisten gehen nach einer Begrüßung und einem kurzen Gespräch ins Nebenzimmer. Einige kochen sich einen Tee. Nachdem Uwe und Yvi sich meiner Meinung nach lange genug angehimmelt haben, mache ich auf mich aufmerksam. »Vielleicht sollten wir auch da rüber gehen?«

»Ja, klar.« Yvi grinst und schubst mich an. »Besetz uns mal drei Plätze, ich hol einen Tee für uns.«

Super, vielen Dank! Ich liebe es, da allein reinzutrotteln ...

An der Tür bleibe ich kurz stehen und verschaffe mir einen Überblick. Hm, die sehen eigentlich alle ganz nett aus. Es gibt hier auch ein paar mehr Leute als sonst irgendwo in dieser sozialistischen Jugendwelt, die optisch aus der Reihe tanzen: Drei, vier Mädels sehe ich, die eher so Yvis Kategorie sind, was die Klamotten betrifft. Hinten in der Ecke entdecke ich ein Punkerpärchen, das sich mit drei langhaarigen Hippies in armeegrünen Parkas (ich lerne an dem Abend, dass Parkas hier Kutten genannt werden) unterhält.

Okay, also Plätze besetzen: Es gibt mehrere Stühle, drei, vier abgeschrammelte Sessel und zwei Sofas. Ich sollte langsam in die Gänge kommen, da sich allmählich alle niederlassen. Einige auch auf dem Boden, wo mehrere große Kissen liegen.

Ich erspähe drei freie Plätze auf einem Sofa und einem Sessel an der Wand und steuere darauf zu. Da sind Yvi und Uwe auch schon – und ebenso der Leiter der ›JG‹, Torsten, der einzige Erwachsene hier.

Er erzählt etwas über Bibelzitate und wie man sie auslegen kann. Gut, das ist jetzt *nicht* die umwerfende Verschwörung, mit der ich gerechnet hätte. Es geht auch so unspektakulär weiter, die Leute unterhalten sich nur. Aber da wir das alles vor Vati verheimlichen, muss es ja etwas Besonderes sein. Sicher werde ich noch rausfinden, was genau dahintersteckt.

Nachdem wir etwa eine Stunde gechillt und uns unterhalten haben, löst sich die Gesprächsrunde allmählich auf. Die Ersten verabschieden sich, andere stehen in der Küche herum, einige kochen Wasser für einen Tee.

Einer von den Parka-Typen stellt einen überdimensionalen Kasten (nach einigen Sekunden begreife ich es: einen Kassettenrekorder!) auf den Küchentisch. Er macht Musik an, die gar nicht so schlecht ist. Der Typ sieht eh ganz niedlich aus. Er streicht seine langen, dunklen Haare hinter die Ohren und lächelt mich an. »Auch 'nen Tee?«, fragt er.

»Ja, klar, danke.« Nicht, dass ich ein großer Tee-Fan wäre, aber immerhin bietet die Situation wohl eine Möglichkeit, ins Gespräch zu kommen. Schon steht noch ein Mädel neben dem Langhaarigen. Carla (so heißt sie) ist auch ganz nett.

Also unterhalte ich mich noch ein bisschen mit Tim (so heißt der Parka-Typ) und Carla. Das heißt, eigentlich rede ich eher wenig und höre lieber ein bisschen zu, was die anderen so erzählen. Eben meine übliche Zeitreise-Strategie, um mich nicht unfreiwillig zu outen.

Eigenartigerweise werden die beiden nach und nach stiller – gehen denen die Gesprächsthemen aus?

Bevor das Schweigen unangenehm wird, taucht zum Glück Yvi auf und befreit mich aus der Situation. »Mann, wir müssen los, Vati rastet sonst aus!«

Als wir rauskommen, haut es mich fast um: Es ist eisig. Noch viel kälter als vorhin. Der Wind peitscht uns Schneeflocken und Regentropfen um die Ohren. Und jetzt gleich aufs Moped. Klasse.

»Hoffentlich schaffen wir's bis nach Hause«, meint Yvi, während sie energisch den Kickstarter des Mopeds bearbeitet.

Ähm, wieso denn nicht?!

Diese unausgesprochene Frage wird leider etwa zehn Minuten später beantwortet, als die Simson mit stotterndem Geräusch langsamer wird und schließlich mit einem traurigen Seufzer ausrollt.

»Mist«, kommentiert Yvi resigniert das vorzeitige Ende unserer Fahrt.

Wir stehen mitten im Nirgendwo. Yvi versucht das Moped zum Weiterfahren zu überreden. Sie probiert es mit Anschiebaktionen, aggressiv wirkenden Kickstart-Tritten und einer von gemurmelten Flüchen begleiteten Reparaturaktion an der Zündkerze – vergebens.

Die letzten drei Kilometer müssen wir zu Fuß gehen. Yvi schiebt das Moped.

»Wieso waren eigentlich Tim und dieses Mädel vorhin auf einmal so ruhig?«, frage ich irgendwann in die eiskalte Nacht hinein.

»Na, warum wohl?! Die haben wahrscheinlich nicht genau mitgekriegt, dass du mit mir dort warst, und wollten kein Risiko eingehen.« Sie schnaubt. »Was glaubste, wie viele Stasileutchen dort immer wieder mal rumschleichen? Das ist doch eine super Fundgrube für die. Da laufen eher die Leute auf, die nicht ganz so konform sind. Bei einigen reicht ja schon die bloße Optik, um noch vor der Volljährigkeit eine ordentliche Akte zu bekommen. Erst vor ein paar Wochen war so ein Kunde in der JG, dessen Vater ABV ist. Der fummelte die ganze Zeit an seiner Sporttasche rum, die er dauernd mitschleppte. Schließlich stellten Tim und ein paar andere aus der JG fest, dass der die Gespräche an den Abenden auf einem kleinen Kassettenrecorder mitschnitt, den er in der Tasche versteckt hatte. Als Torsten ihn darauf ansprach, druckste er rum, er fänd die Gespräche so interessant, wolle die nur für sich selbst aufnehmen, um sie noch mal in Ruhe anzuhören, blabla ... Der tauchte zum Glück danach nie wieder auf. Aber alle waren ziemlich angekekst, dass gerade dort jemand Freizeit-Horch-und-Guck spielt.«

A-H-A. Für mich bleibt auch jetzt noch schwer nachvollziehbar, was an dem JG-Kram gefährlich sein soll: Eine Kombination aus Bibelzitaten, Tee und Teenie-Talk. Sorry, ich sehe hier absolut nichts, was ich spannend, aufregend oder riskant fände.

Praktisch tiefgefroren kommen wir zu Hause an. Mir läuft das eisige Wasser in den Kragen und von dort in einem kleinen Rinnsal den Rücken runter. Mann, wenn ich nach der Aktion nicht krank werde, dann weiß ich auch nicht.

Gestorbene Illusionen
zur Mode

Ich glaube, heute habe ich das hässlichste Teil anprobiert, das ich jemals am Körper hatte – und nach diesen beiden Wochen im Mode-Nirvana will das echt was heißen! Ich will mir wirklich *NICHT* vorstellen, dass ich das demnächst einen ganzen Tag lang anziehen soll!! Und darin fotografiert werde, weil Jugendweihe so ein Tag ist, von dem es Fotos geben wird, die schließlich in diversen Alben hängen bleiben.

Aber der Reihe nach: Ich hatte den Schultag und diese supernervige Action beim Kindergartensport hinter mich gebracht und dachte, ich könnte ein bisschen abhängen. Ich meine, ich hab es eh gerade nicht so leicht! Die anderen leben einfach nur ihr Leben, während ich die ganze Zeit schauspielern muss. Manchmal fühle ich mich zwischendurch derart fertig und *müde*, dass ich am liebsten alles auffliegen lassen würde und schreien will: »Hey, Leute, ich bin auf 'ner Zeitreise, gehöre gar nicht hierher und will jetzt *auf der Stelle ganz schnell* wieder zurück!«

Okay, jedenfalls komme ich nach Hause geschlurft. Mutti ist auch schon da und treibt mich gleich mit der Info zur Eile an, dass wir doch wegen des Jugendweihekleids zur Schneiderin wollen. Oh nein, da fällt es mir wieder ein: Irgendwas hatte sie ja vor ein paar Tagen davon erzählt. Und mich hatte da zum ersten Mal die sehr unangenehme Ahnung beschlichen, dass ich bei dieser Jugendweihe wohl tatsächlich noch mitmachen muss, was auch immer das genau ist!

Bevor wir jetzt also zur Schneiderin trotteln, verziehe ich mich hastig noch mal mit dem *Politischen Wörterbuch* auf die Toilette. Hier: Jugendweihe ... blablabla ... eine knappe Seite voll. Gelöbnis, in die Reihen der Werktätigen aufgenommen (Hilfe! Bloß nicht!), Buchgeschenk ... Teilnahme ist freiwillig (diese Stelle ist wieder von Yvi unterstrichen worden).

Ich habe nicht die leiseste Ahnung, was die mit alldem sagen wollen. Auf jeden Fall ist das todsicher wieder eine superlangweilige Veranstaltung, bei der ich 1000 Dinge falsch machen kann. Ich hasse es!

Mutti ruft schon nach mir, ich muss aus dem Klo raus und weiter durch mein falsches Leben stolpern.

Wir also zusammen zu der Schneiderin, einer älteren Dame, die in einem etwas muffigen Hinterzimmer werkelt.

Als ich dieses Teil sehe, das ich anziehen soll, trete ich einige Sekunden weg vor Entsetzen. Als ich irgendwann wieder aufnahmefähig bin, höre ich Satzfetzen wie »hattest dir doch diesen schönen Stoff extra ausgesucht« und »sieht ja wirklich hübsch aus«.

HALLO?!

Hatte meine Mutter vielleicht damals eine *absolute* Geschmacksverirrung???

Mir bleibt nichts übrig, als das Teil anzuziehen. Ein formloses Ding aus lila Volants baumelt an mir rum. Dass ich in Mamas Mädchenkörper ohnehin schon wie eine Vogelscheuche aussehe, macht das Elend komplett.

Als ich in den Spiegel blicke (was meinen ganzen Mut erfordert!), gehe ich fast wieder zu Boden: Mit elektrisch aufgeladenen Haaren, die nach allen Seiten abstehen, schaut mich aus dem Spiegel meine Junior-Mama an. Ihr dünner Hals ragt aus einem lila Rüschenalbtraum mit einem riesigen Clownskragen.

Und das soll jetzt *ICH* sein?

In diesem Moment fasse ich den ganz, ganz festen Entschluss, dass ich *unbedingt* aus dieser Welt raus muss. Auch meine Opferbereitschaft hat Grenzen und die sind genau hier erreicht! Ich weiß, dass ich nicht alles auffliegen lassen kann, weil ich damit vielleicht letztendlich mich selbst auslösche. Aber ich kann mich auch nicht endlos verleugnen. Ich kann und will nicht so rumlaufen! Selbst wenn ich im falschen Körper stecke und gar nicht wirklich ich selbst bin – das geht einfach nicht!

Ich bin kurz davor loszuheulen, als ich schließlich eine halbe Stunde später mit Mutti wieder aus der Schneider-Hölle raustrete.

Als ich es endlich in mein (nein: in Mamas) Zimmer geschafft habe, liege ich auf dem Bett, wo ich heule und heule, bis ich ganz leer bin.

Dienstag, der 3. April 1984

Mein Jugendweihekleid

Heute habe ich mein Jugendweihekleid anprobiert. Es ist fast fertig. Es ist das erste Mal, daß ich ganz allein bestimmen kann, wie etwas aussehen soll, das ich anhabe (außer bei den Sachen, die Yvi mir schneidert, aber selbst da entscheide ich das ja ein bißchen mit Yvi gemeinsam).

Außerdem hatte ich heute in der Schule die Idee, dass ich Britt helfen werde, die Wandzeitung fertig zu machen. Und die soll richtig gut werden!

PS.: Toll, dass Mama sich mit 14 selbst verwirklicht hat, indem sie ein unsägliches Kleid entwarf, in dem sie sich zum absoluten Volltrottel machte. Frage mich nur betroffen, warum ich das zwingend wiederholen muss? Das ist für mich gerade so ziemlich das *GEGENTEIL* von Selbstverwirklichung!

Wohin mit diesem Buch hier?!?

Ich mache die Augen auf. Bleibe ganz still liegen und starre die Risse an der Decke an. Genau über dem Bett sind drei, die aufeinander zulaufen. Nein, es war kein Traum. Ich bin immer noch in dieser verdammten Steinzeit.

»Scheiße«, sage ich. Dann stehe ich auf.

Heute ist Yvi 17 geworden. Und hat etwas getan, was Vati wieder mal zuverlässig zum Ausrasten gebracht hat: Gleich nach der Schule ist sie in Wöbern zum Friseur gegangen und hat sich ihre langen, glatten Haare umstylen lassen. Alles fransig geschnitten, ums Gesicht herum hochtoupiert (so nennt man das, wenn man die Haare mit einem Kamm so verfilzt, dass sie wie ein Nest aussehen) und mit viel klebrigem Haarspray festgesprüht. Also, es sieht klasse aus. Total cool. Vatis Meinung nach natürlich deutlich zuuu cool …

Nachdem er ihr beim Abendessen in seiner üblich feinfühligen Art mitgeteilt hat, sie sähe wie ein Wischmopp aus, ist sie schweigend auf ihr Zimmer gegangen.

Kurze Zeit später klopft sie an meine Tür. »Kommst du am Samstag mit? Wir fahren abends zur Disko.«

Bevor ich etwas sagen kann wie: »Ha ha, Vati wird begeistert sein«, meint Yvi: »Hab's mit Mutti geklärt, du darfst mit.«

Okay. Mein nächster Gedanke: *Was anziehen?*

Aber Yvi hält schon einen von ihr kreierten Fledermauspulli und einen Ballonrock in der Hand. »Was hältste davon? Kannst meine schwarz gefärbten Schuhe dazu haben.«

Ich schlüpfe in die Sachen. Und verwandle mich in jemanden, der weder ich selbst noch meine frühere Mama ist. Es fühlt sich seltsam an, aber gut.

Als ich mich zu Yvi umdrehe, stockt mir der Atem: Sie liegt auf meinem Bett und schaut auf Mamas altes Tagebuch, das auf dem Regal neben dem Bett liegt. Mein anderes, neues Tagebuch liegt einen halben Meter daneben auf dem Boden. Da, wo ich es gestern Abend nach meinem letzten Eintrag liegen gelassen habe, kurz bevor ich eingeschlafen bin.

Ich habe ein Gefühl, als würden mir sämtliche Haare vom Körper abstehen.

AAAAAHHHHHHH!

Was, wenn Yvi einen Blick in mein superaktuelles, nicht-von-dieser-Welt-und-aus-dieser-Zeit-stammendes Tagebuch wirft, das überhaupt nicht hierher passt? Und in dem Sachen drinstehen, die mich als Zeitreisende oder (sehr viel wahrscheinlicher!) als völlig abgedreht entlarven?!

»Was ist denn los? Gefällt's dir nicht?« Yvi sieht mich ratlos an.

»Doch, super, wirklich!«

»Okay. Schminken probieren wir auch gleich mal – bei mir im Zimmer. Aber so, dass es Vati nicht merkt, der weint sonst gleich wieder.«

»Ja, klasse ...« Ich schiebe sie eilig raus, bevor ich auf halbem Wege noch mal zurück zu meinem Zimmer stolpere. »Ach, Mist, hab was vergessen, bin gleich wieder da!«

Wohin nur mit dieser unheilvollen Buchstabenbombe? Unters Bett? Fieberhaft denke ich nach. Ha, jetzt hab ich's! Erst mal zwischen die Schulbücher. Hier wird wohl vorerst niemand suchen.

Immer noch schwitzig vor Angst und Schrecken laufe ich in Yvis Zimmer rüber. Zuerst bin ich so durcheinander, dass ich die Schmink-Session gar nicht richtig genießen kann.

Aber dann macht es total Spaß! Yvi besitzt gefühlt tausend Fläschchen, Sprühdosen und Tiegelchen – alle in Hellrosa mit einem schwarzen Gittermuster und dem schrägen Schriftzug *ACTION* drauf. Schon bemalt sie mich. Es gibt Lidschatten in den wildesten Farben und fast weißen Lipgloss in einem kleinen, runden Schälchen, den man mit dem Finger auf die Lippen streichen muss. Er ist ein bisschen klebrig und schmeckt auch ... eher ungewöhnlich.

Das Hantieren mit der Wimpernzange ist in den 80ern wohl noch nicht angesagt. Und auch Wimperntusche wird längst nicht so großzügig aufgetragen, wie ich das kenne. Dafür zeigt Yvi mir, wie sie mit einem dunklen Kajalstift das untere Augenlid betont. Ich versuche es nachzumachen – und steche mir fast die Augen aus.

Yvi lacht. »Das muss man erst ein bisschen üben.«

Dann die Frisur. Yvi toupiert nun auch an meinen Haaren rum, so lange, bis ich wie ein spaciger Igel aussehe. Danach sprüht sie mich mit *ACTION*-Haarspray ein, bis mir die Luft wegbleibt. Es fühlt sich an, als hätte sie die Frisur mit Kleister stabilisiert. Später stelle ich fest, dass man die Haare nicht mehr durchkämmen kann, sondern wirklich waschen muss, wenn man eine Chance haben will, das Zeug wieder rauszubekommen.

Yvi jedenfalls ist mit dem Ergebnis hochzufrieden. »So, jetzt siehst du wenigstens nicht mehr so langweilig aus.«

Langweilig bestimmt nicht. Aber ein bisschen ... äh, crazy vielleicht? Ich stehe vor dem Spiegel, unschlüssig, wie ich mich finden soll.

Mama ging es damals wohl ähnlich, wie ich vor dem Einschlafen in ihrem Tagebuch lese.

Mittwoch, der 4. April 1984

Yvis Geburtstag

Yvi ist heute 17 geworden. Sie hat sich eine neue, fetzige Frisur machen lassen, die ihr sehr gut steht. Sie sieht aus wie Tamara Danz, richtig toll.

Vati war wohl anderer Meinung, deshalb war die Stimmung beim Abendessen etwas angespannt.

Aber zum Schluß hatten Yvi und ich doch noch einen schönen Abend. Sie hat mir ein paar Schminktricks beigebracht, das fand ich richtig gut. Ob ich mich so wirklich nach draußen traue, weiß ich aber nicht. Abends habe ich mir jetzt jedenfalls noch die Haare gewaschen, sonst hätte ich das ganze Haarspray gar nicht rausgekriegt.

PS.: Morgen gehen wir in die Schwimmhalle. Ich habe schon meinen Badeanzug eingepackt.

Tagebuchnotizen
eines Genies

Heute gab es zwei Tageshöhepunkte: Vormittags hatte ich eine *geniale* Idee. Und nachmittags gab's jede Menge Fun in der Schwimmhalle.

Also, fangen wir mit *ERSTENS* an – mit meiner super Idee! Wir haben Sport. Herr März, der Sportlehrer, turnt eifrig vor. Auf und nieder ... Rumpfbeugen, danach auf den Boden, Sit-ups (die sie hier Taschenmesser nennen; ich hasse die Übung, egal, wie sie heißt).

Während wir stumpf weiter und weiter rumturnen, kann ich nicht aufhören, über diesen ganzen Mist nachzudenken. Darüber, wie zusammengekniffen hier alle sind. Dass es sofort Stress gibt, wenn man einen Witz erzählt. Dass ständig alles so ernst und problematisch ist. Zum Beispiel machen wir einen riesigen Wirbel, damit Vati nicht erfährt, dass wir an einen Ort fahren, wo wir Tee trinken und zwei, drei Worte über Religion gesprochen werden. Was soll das alles? Das ist so unfassbar lächerlich!

»Und wieder auf ... noch mal Rumpfbeugen ... vor und zurück. Vor und zurück, vor ... bis zu den Zehen herunter ...« Der Alte nervt wirklich. Als hätte ich nichts anderes zu tun, als mich hier unsinnig zu verbiegen.

Nach der Sportstunde ziehen wir uns um. Britt und ich schlurfen den Gang entlang. Jetzt noch Mathe und ESP. Hört das denn nie auf?

Wir gehen an der Wandzeitung vorbei. »Oh nein, ich bin ja nächste Woche wieder dran, die zu gestalten«, ruft Britt beim Blick auf diese Pinnwand. Ich blicke abwesend auf die Wandzeitung, eine Pinnwand mit Meldungen zu einer Mathematikolympiade – langweiliger geht es wirklich nicht mehr.

In dem Moment kommt mir eine wilde Idee: Ich werde denen hier mal zeigen, dass mehrere Leute der Meinung sind, dass das alles so nicht funktioniert. Mir können sie nichts – noch ruhe ich mich auf den Strebernoten meiner Mutter aus. Ich muss mir nur etwas ausdenken, was legal und gleichzeitig eine Revolte ist und ... ja: Die Wandzeitung ist genau der richtige Aufhänger für meine Aktion.

Mama hatte doch eh in ihren aufregenden Tagebuchnotizen geschrieben, dass sie Britt bei der Wandzeitung helfen wollte. Also befinde ich mich mit meiner genialen Idee auch noch in genau der richtigen Raum-Zeit-Schiene! Das Ganze wird eine klitzekleine Revolution werden. Aber aalglatt und elegant genug, sodass mich niemand damit festnageln kann. Ich muss nur etwas finden, um diese Pinnwand mit irgendwelchem Plunder zu bestücken, der etwas mit Schule oder ›Politik‹ zu tun hat. Und das sollte etwas sein, das allen zeigt, was ich von dem ganzen DDR-Kram halte.

Das Ganze werde ich so clever anstellen, dass mich niemand dafür bestrafen kann. Ihr fragt, wie das möglich ist? Ganz einfach: Ich werde nur erlaubtes Material verwenden! Ja! Ich habe das unlösbare Rätsel gelöst: Ich werde Yvis Bücher wälzen, und zwar die politisch korrekten. Und dann werde ich aus den Stellen, die Yvi schon darin unterstrichen hatte, eine Wandzeitung kreieren. Kritk an der DDR – und zwar gebastelt aus Sprüchen, die in der DDR *erlaubt* sind. Da kann mir gar niemand was anhaben! Mir klopft zwar das Herz bis zum Hals, das aber nur, weil ich mich gerade unglaublich *genial* fühle.

Das war der Vormittag!

Weiter geht's mit ZWEITENS:

Nach der Schule ab in die Schwimmhalle. Leider fällt dafür der Zeichenzirkel aus, den ich ja sehr gern mag. Zurzeit male ich da ein Bild von meinem wahren Leben im 21. Jahrhundert und habe es Herrn Beyer als eine wilde Zukunftsvision verkauft. Es macht total Spaß, weil die Leute im Kurs mich für absolut visionär halten, wenn ich von tragbaren Telefonen erzähle – und von einem unsichtbaren Netz an Datenströmen, über das man kommunizieren kann ... Na ja, nächste Woche erzähle ich ihnen wieder davon (falls ich dann noch hier sein sollte und nicht wie gehofft schon längst wieder Internet und richtiges Leben genieße).

Das Schwimmen ist dann ganz cool. Wenn man davon absieht, dass die Schwimmhalle wie alles andere in dieser sozialistischen Steinzeitwelt eng und sehr simpel ist. Und dass es sich für mich immer noch eigenartig anfühlt, im Körper meiner kindlichen Mama zu sein, die damals wie eine zerbrechliche Fee aussah.

Steffen findet es offensichtlich ganz toll, mir beim Fangen im Wasser die ganze Zeit nachzuhechten. Er hat eine richtig sportliche Figur, das fällt mir heute auf. Und cool ist er auch (soweit ein Junge das in einer Badehose, die die hiesige Mode vorschreibt, sein kann). Er ist definitiv verliebt in Antje. Und ich bin ja praktisch Antje – ausgestattet mit der genialen Verschlagenheit und Cleverness einer Alina aus der Zukunft. Wer könnte mir widerstehen?!

Donnerstag, der 5. April 1984

Schwimmen

Heute sind wir nach der Schule alle zusammen in die Schwimmhalle nach Wöbern gefahren. Das war ein toller Nachmittag. Beim Fangen im Wasser war Steffen die ganze Zeit in meiner Nähe, das war wahrscheinlich zufällig, aber ich fand es trotzdem toll. Er sieht wirklich schön aus und ist richtig nett.

Teuflisch geniale Pläne nehmen Gestalt an

Über den üblichen Schulvormittag und den anschließenden ›Unterrichtstag in der Produktion‹ breite ich den Mantel erschöpften Schweigens.

Nachmittags gibt es erst einmal die berühmt-berüchtigte ›Jugendstunde‹.

Ich habe gestern Abend in Mamas Schreibtischschublade noch ihr Jugendstunden-Teilnehmerheft 1983/1984 gefunden. Im Mittelteil findet sich eine Liste, in die man die Termine der Jugendstunden eintragen konnte, die offensichtlich zu folgenden Themen stattgefunden haben:

· Wir erfüllen das revolutionäre Vermächtnis
· Deine Arbeit wird gebraucht
· Kultur und Kunst machen unser Leben reicher und schöner
· Unser sozialistisches Vaterland
· Wissenschaftlich-technischer Fortschritt – Herausforderung an dich
· Der andere neben dir
· Freundschaft zum Lande Lenins – Herzenssache unseres Volkes
· Der Friede ist kein Geschenk
· Dein Recht und deine Pflicht im Sozialismus
· Die Welt verändert sich

Diese Stunden sind wohl alle schon vorbei. Heute gab es einen Rückblick auf alle anderen bisherigen Jugendstunden. Das war für mich sogar ein bisschen interessant.

Wie ich mitbekommen habe, sollen diese sogenannten Jugendstunden dafür gut sein, dass man auf das Mega-Ereignis – richtig: die Jugendweihe

– vorbereitet wird. Oder auf das Leben als sozialistische Persönlichkeit, was mir hoffentlich nicht in voller Härte bevorsteht.

Ich wüsste nicht, ob ich es hier noch fünfeinhalb Jahre aushalte. Na gut, immerhin weiß ich im Gegensatz zu all meinen Mitgefangenen zumindest, dass das alles ist, was uns an realexistierendem Sozialismus in der DDR des Jahres 1984 noch bevorsteht. Alle anderen sind furchtbarerweise gezwungen, an ein schreckliches, hoffnungsloses *IMMER UND EWIG* zu glauben.

Okay, heute gibt es also die Jugendstundenrückschau der Klasse 8a der POS Hohnberg. Zu jeder der vergangenen Jugendstunden hat eine Schülerin oder ein Schüler eine Art Aufsatz schreiben müssen. Der Drang, das Leben in allen Einzelheiten zu protokollieren, scheint hier eine allgemeine Krankheit zu sein (und wie man an diesem Tagebuch sieht, bin ich schon längst davon infiziert).

Jedenfalls erfahre ich auf diese Weise, dass anlässlich solch einer Jugendstunde zum Beispiel folgende Events stattfanden:

· Eine Betriebsbesichtigung (huuuu, ganz wild!).
· Ein Trip in eine Kaserne, wo man Soldaten besichtigt. Die anderen in der Klasse waren dabei offenbar vor allem von der Gulaschkanone und den exakt gemachten Betten beeindruckt. Wobei die Jungs sich nicht danach sehnen, in ein paar Jahren ihre Bettdecken geometrisch auf Kante zu falten. Kann ich gut nachvollziehen.
· Ein Ausflug in eine Kunstausstellung (da war die Klasse wohl in Dresden im Albertinum).

Außerdem gab es offenbar auch Veranstaltungen zu Deutschlands Nazi-Vergangenheit. Zumindest das ist halbwegs ähnlich zu dem, was wir heute in der Schule hören. Daher ist der Bericht zu diesem Event für mich nicht so ungewohnt, ich finde ihn im Gegenteil sogar interessant und sehr berührend – auch wenn ich mir möglicherweise andere Fragen stelle als meine Mitschülerinnen und Mitschüler während dieses

Nachmittags. Mir fällt jedoch auf, dass die hier deutlich mehr über die antifaschistischen Widerstandskämpfer als über jüdische Menschen sprechen. So, als wären vor allem politische Häftlinge – also Hitlers politische Gegner – in den KZs gewesen.

Britt hatte die Aufgabe, den Bericht zum Besuch des Konzentrationslagers zu schreiben. Den trägt sie also an diesem Nachmittag noch mal vor. Die Klasse war in der Gedenkstätte des KZs Buchenwald. In Buchenwald sollen demnach viele politische Häftlinge gesessen haben. Vor allem gab es einen Ernst Thälmann, der hier im Osten offensichtlich ganz angesagt war. Der wurde 1944 in Buchenwald umgebracht – nachdem er elf Jahre in Einzelhaft gesessen hat, das muss man sich mal vorstellen! Krass. Da wäre ich längst durchgedreht.

Alle bleiben stumm, als Britt ihren Bericht vorliest. Immer wenn es um diese Sachen geht, geschieht etwas in mir. Wenn ich mir vorstelle, wie Menschen verfolgt werden, weil sie eine Meinung vertreten, die zu der Zeit nicht angesagt ist. Oder weil sie mit Vorfahren, Hautfarbe oder was auch immer ausgestattet sind, das zu der Zeit als ›schlecht‹ deklariert wird, von irgendwelchen egoistischen Typen, die gerade das Sagen haben. Immer dann überfällt mich die Vision, ich wäre einer von diesen verfolgten Menschen, die um ihr nacktes Überleben laufen – umsonst.

Unvorstellbar, was ein Mensch fühlt, wenn er die ganze Zeit um sein Leben kämpft. Oder wenn er miterleben muss, wie seine Liebsten sterben. Es gibt einfach Themen, die machen jeden Menschen stumm, egal wie cool, überlegen oder unbeeindruckt er sich sonst geben mag.

Das war die finale Jugendstunde. Danach bin ich absolut nicht in Stimmung für ein Treffen mit Frau Ammer. Zum Glück hat die es eilig. So können wir nach etwa zehn Minuten die blöde Besprechung beenden. Absurderweise kippt meine eben noch bodenlos traurige Stimmung dabei unvermittelt in völlig überdrehte Heiterkeit. Oh Mann, ich wäre manchmal echt gern *nicht ich*. Sondern irgendein anderes Wesen, das nicht ständig solchen Gefühlswechselbädern ausgeliefert ist. Ich muss mich sehr zusammenreißen, um nicht laut loszulachen. Die ganze Zeit summt in meinem Kopf Frau Ammers erster Satz: »Na, was gibt's für Pläne zum Besuch der Patenklasse bei der Patenbrigade?« Die Worte dudeln durch mein Hirn wie ein crazy Song, einfach, weil mir in dem Moment dieses ganze *Paten*-Ding auffällt: Hier wimmelt's von Paten – Patenbrigade, Patenklasse, Patentrallala ...

Einen Witz über ›Der Pate‹ verkneife ich mir mühsam. Würde hier eh keiner drüber lachen können (Frau Ammer ganz bestimmt nicht!). Und selbst wenn die Filme so alt sein sollten, dass es die 1984 schon gab – hier im Hinterm-Mond-Sozialismus kennt die mit absoluter Sicherheit niemand.

Stattdessen erzähle ich Frau Ammer, ich würde mit den Kleinen vor dem Patenbrigadenbesuch vielleicht ein paar Kinderlieder anhören oder so. Das war einfach eine spontane Eingebung. Die Idee passt Frau Ammer offenbar ins Paten-Konzept. In Wirklichkeit habe ich in dem Moment keine Ahnung, welche Lieder ich den Zwergen präsentieren will.

Die Ammer erzählt mir noch, dass die Patenbrigade in einem Hotel arbeitet, und ich vielleicht mit den Kindern etwas singen soll, was »thematisch zu dem Besuch passt«. Wir würden unter anderem auch ins Restaurant und ins Schwimmbad des Hotels gehen. Ja ja, irgendwas wird mir schon noch dazu einfallen.

Viel wichtiger ist mir in dem Moment, dass ich Britt von meiner genialen Idee überzeugen kann, ihr bei der Wandzeitung zu helfen und etwas ganz Besonderes daraus zu machen! So beginne ich gleich, nachdem wir die Schule verlassen haben, auf sie einzureden. Und ich habe ziemlich leichtes Spiel. Britt wirkt abgelenkt. Weil sie wieder mal über Tobias aus der Parallelklasse nachdenkt? Vielleicht auch, weil das KZ-Thema sie noch bedrückt. Auf jeden Fall sieht sie mich nur zerstreut an und meint: »Ach ja, Mist, das habe ich völlig vergessen, ich muss ja nächste Woche diese blöde Wandzeitung machen.«

Dann erzählt sie mir, dass sie eigentlich vorhatte, auf der Wandzeitung etwas zur Geschichte der Rockmusik zu präsentieren. Britt liebt Musik und spielt (so weit ich das bisher mitbekommen habe) mindestens drei Instrumente. Mir ist absolut unklar, woher sie den Enthusiasmus dafür nimmt.

Allerdings ist sich Britt nicht sicher, ob der Direx und Frau Ammer eine Rockmusik-Wandzeitung so toll fänden. Außerdem erzählt sie mir, dass sie gerade echt viel zu tun hat: Sie ist nächste Woche beim Vorspielen mit der Klarinette in der Kreismusikschule (und hofft, dass sie so gut ist, dass sie im Orchester an der Musikschule Wöbern mitspielen darf). Und leider müsse sie außerdem dringend etwas für Englisch und Mathe tun, da sie wahrscheinlich in der nächsten Klassenarbeit oder Leistungskontrolle in den Fächern sonst total versagen würde.

Ich erkläre ihr also, dass wir für die Wandzeitung etwas mit Zitaten von Klassikern aus Literatur und Politik machen sollten. Da wir ja jetzt auch kurz vor der Jugendweihe seien, könnten wir damit zeigen, wie weit wir diese ganzen philosophischen Grundlagen schon kennen.

»Hmmm«, macht Britt nun wieder zögernd. »Aber das soll auch nicht zu rot werden, ja? Das fänd ich ziemlich ätzend.«

»Nein. Darum musst du dir echt gar keine Sorgen machen. Ich hab schon Ideen. Ich bereite das vor und du musst dich gar nicht kümmern, okay?«

»Gut, danke. Das ist so lieb von dir. Dann helfe ich dir aber auch bei dem Patenklassending nächste Woche. Ich könnte mit der Gitarre zum Liedersingen mitkommen. Was meinst du?«

»Ja, super, das wäre klasse!« Ich bin wirlich froh, denn mit Britt zusammen würde das wenigstens etwas amüsanter werden. Ich übergehe das etwas grummelige Gefühl, das ich im Bauch habe, weil ich sie wegen der Wandzeitung dezent angelogen habe. Aber schließlich wird sie auch davon profitieren, dass wir damit in der Schule quasi zu Stars werden.

Nun liege ich zufrieden im Bett.

Wir haben uns auch gleich noch für Sonntag zum Lernen verabredet. Das Thema Mathe habe ich beiläufig murmelnd ignoriert, aber für Englisch hab ich mich wirklich gern angeboten!

Britt schlug gleich vor, dass Nadine auch mit dazukommen könnte. Das Ganze hörte sich so an, als wollte sie tatsächlich *lernen*. Freiwilliges Lernen gehört nun echt nicht zu meinen Hobbys. Aber da ich in Englisch einen deutlichen Vorsprung habe, wird es für mich zumindest entspannt – we will see ...

Freitag, der 6. April 1984

Unsere letzte Jugendstunde

Heute hatten wir die letzte Jungendstunde.
Nächsten Monat ist Jugendweihe.

Ich muss die ganze Zeit daran denken, was Britt über das
KZ Buchenwald und Ernst Thälmann erzählt hat.

Wie schlimm das sein muss, so lange allein eingesperrt zu
sein und am Ende doch zu sterben. Es war völlig umsonst.
Diese Vorstellung macht mich unendlich traurig.

DISKO-Time

Haha, was für ein Tag! Bin mit Yvi zur Disko in Thammitz gefahren, das war klasse! Ich war von ihr ja vorher schon Outfit-technisch ausgestattet worden, und geschminkt hat sie mich heute vor unserem Disko-Abenteuer auch noch mal. Unsere Frisuren sehen zwar nach der Mopedfahrt mit Helm etwas zerdrückt aus, aber Yvi ›peppt‹ uns wieder auf, um es zeitgemäß auszudrücken. Zu diesem Zweck ist wieder reichlich Haarspray im Spiel.

Wir landen gegen halb sieben an einem größeren Gebäude, vor dessen Tür sich schon einige Leute tummeln. Gegen sieben haben sich deutlich mehr Leute eingefunden, die Tür geht auf und alles drängelt los. Ich habe kurz das Gefühl, mich zerquetscht es gleich. Doch bevor ich an Flucht denken kann, hat Yvi mich mit reingezerrt. Mit einem kumpelhaften Winken bugsiert sie mich am Türsteher vorbei, der kurz kritisch in mein (trotz Schminke) sehr jung wirkendes Gesicht blickt.

Der Eintritt kostet 2,10 Mark pro Person. Dann zahlen wir für unseren ganzen Klamottenkrempel inklusive Helme und derlei Zubehör zusätzlich insgesamt 40 Pfennig an der Garderobe. Yvi und ich trinken dann noch eine Cola. Andere kippen alkoholhaltige Drinks wie zum Beispiel Grüne Wiese (eine Mischung aus O-Saft und einem schlumpfblauen Curacao, was tatsächlich zu einem grasgrünen Getränk wird), Wodkacola, Kirschcola oder sogar härtere Sachen (die mich persönlich ja in Sekundenschnelle wegbeamen würden!) wie Apfelkorn und Wodka.

Die Musik ist 80er-Jahre, aber durchaus okay – und die Stimmung ist richtig gut! Ich habe total Spaß, als ich mit Yvi durch die Gegend tanze. Uwe ist natürlich auch da. Die Rückfahrt ist wieder eisig. Aber wenigstens bleibt es trocken und die Simson hält tatsächlich bis zu Hause durch.

Lernen & Lästern

Der Morgen war hart ... Ich sage nur: Frühstück um acht! Denn (O-Ton Vati): Wer feiern kann, kann auch früh aufstehen!

Am kommenden Dienstag steht Englisch auf dem Plan, deshalb haben wir uns heute zum Lernen verabredet. Britt, Nadine und ich. Das ist übrigens auch noch ein interessanter Unterschied zu meiner Realität im wahren Leben: Hier gibt es praktisch keine Nachhilfe! Eigentlich nur gemeinsames Lernen ohne jeden Geldfluss. Wahrscheinlich ist das ein angenehmer Nebeneffekt des geldlosen Sozialismus: Keiner hat was. Und genau deshalb spielt es wohl auch nie eine Rolle, etwas zu haben.

Mutti hat Kuchen gebacken, von dem wir drei riesige Stücke bekommen. Er ist soooo lecker, wieder der mit den knusprigen Streuseln.

Für Englisch zu lernen ist für mich hier eine der einfachsten Übungen. Ich kann Britt und Nadine mit Leichtigkeit alles erklären und fühle mich richtig gut.

»Ach, übrigens, schönen Gruß von meiner Mutti«, meint Britt irgendwann. »Ich soll dir von ihr ausrichten, dass das mit deinen zwei Wochen Praktikum im Kindergarten in den Sommerferien klappt.«

»Ach, toll!«, heuchle ich, weil ich Britts strahlendes Gesicht als ein klares Signal deute, dass das eine Super-Info für mich (alias Antje) sein muss. Innerlich bin ich schockstarr: Falls ich in den Sommerferien noch hier bin (was ich mir eh schon nicht wirklich vorstellen möchte!), darf ich also auch noch zehn volle Ferientage im Kindergarten Wurzelzwerge hüten. Vermutlich ohne Bezahlung, so wie ich Mama und Co. hier einschätze …

DANKE, Mama!

Jetzt fällt mir ein, wie Mama mir mal davon erzählt hatte, dass Britt das siebente von insgesamt acht Geschwistern ist. Ihr Vater ist bei einem Unfall gestorben, als Britt in der sechsten Klasse war. Britts Mutter arbeitete als Kindergärtnerin. Damit war sie wohl so etwas wie ein Rollenvorbild für Mama. Die hat mir mal erzählt, was ihr Lebensplan als junges Mädchen war: Sie wollte eine große Familie mit vielen Kindern haben und im Kindergarten arbeiten. Irgendwann hatte sie den Traum von eigenen Kindern aufgegeben, weil sie dachte, sie kann keine bekommen – es hatte einfach nie funktioniert. Und dann lernte sie mit Ende 30 meinen Vater kennen und war sehr schnell schwanger … Leider hat zwar ihre Beziehung nicht überlebt. Aber sie verstehen sich immer noch ganz gut und sind heute beide mit anderen Menschen glücklich. Das ist ja auch schon viel wert.

Okay, zurück zu Britts Mutter: Mir ist absolut unklar, wie man es als Frau schaffen kann, Vollzeit arbeiten zu gehen und ›nebenbei‹ allein acht (!) Kinder großzuziehen. Das scheint hier aber eher die Norm zu sein. Nicht unbedingt mit acht Kindern und nicht alle alleinerziehend. Aber mir fällt eben auf, dass ich in Mamas gesamtem Freundeskreis von 1984 bisher keine einzige Mutter wahrgenommen habe, die nicht arbeitet.

»Ich finde deine Mutti richtig toll«, sage ich zu Britt. Einfach, weil ich das Gefühl habe, das sollte mal gesagt werden. Ich kenne sie zwar nicht, weiß aber, dass Mama sie super fand. Somit ist es ja die Wahrheit, da ich jetzt quasi für Mama spreche.

»Ähm, ich deine auch«, meint Britt.

»Jaaaa und ihren Kuchen – mmmmhhhhhh!« Bevor es zu feierlich wird, rettet Nadine zum Glück die Stimmung, indem sie ein riesiges Stück von ihrem Kuchen abbeißt, mit vollen Backen und rollenden Augen grinst und genießerisch kaut. Unterdessen nutzen Britt und ich rasch noch die Gelegenheit, das Patending vorzubereiten: Heute Vormittag habe ich in Mamas Kassettensammlung eine Kassette mit Kinderliedern von Gerhard Schöne gefunden. Darauf unter anderem ein Lied von einem Jungen, der beim Baden Fantasiegeschichten erfindet: ›Der Meeresbezwinger Thomas‹. Britt fand meine Idee super, dieses Lied vor dem Schwimmbadbesuch anzubringen. Wir haben den Text für mich zum Lernen aufgeschrieben. Dann hat Britt die Kassette mitgenommen, um auf der Gitarre eine Begleitmelodie zu üben, damit wir das Lied am Mittwoch gemeinsam singen können.

Am Abend mache ich mich dann an die Wandzeitung. Wer weiß, ob ich morgen dazu komme, also fang ich besser jetzt schon mal an. Ich schnappe mir das *Politische Wörterbuch* sowie Yvis Zettel und fange an, auf einem leeren Blatt alles zu notieren, was mir brauchbar erscheint. Schnurz schaut mir interessiert dabei zu.

Worte, Worte, Worte

Morgens kämpfe ich gegen bleierne Müdigkeit an. Ich wache erst so richtig in der ersten großen Pause auf. Mit Britt und Nadine ist es wirklich witzig.

Nachmittags und abends sind Yvi und ich wieder in Wöbern unterwegs. Offiziell deshalb, weil wir uns mal wieder für Knöchelturnschuhe irgendwo anstellen und Yvi danach noch Schulthemen mit zwei Freundinnen besprechen will. Ich bin echt gespannt, wie lange Yvi diese Ausrede benutzen wird, bevor Vati merkt, dass er einfach nur verarscht wird.

Ich fahre am Nachmittag mit dem Bus nach Wöbern. Yvi holt mich an der Bushaltestelle ab. Aus konspirativen Gründen (Show für Vati) sind wir auch dieses Mal viel zu zeitig am Start. Der JG-Abend beginnt erst in knapp zwei Stunden.

»Mann, hab ich einen Knast«, ist das Erste, was ich heute von Yvi höre. Erst als sie mich zielstrebig in Richtung eines kleinen Kiosks in der Nähe der Bushaltestelle zieht, erinnere ich mich, dass ›Knast haben‹ so viel heißt wie hungrig sein.

»Zwei Bockwürste bitte«, ordert Yvi. »Du willst doch auch eine, oder?«

Nachdem wir unseren kleinen Snack verdrückt haben, haben wir immer noch reichlich Zeit. Wir marschieren also wieder in das kleine Eiscafé.

»Heute Abend müssen wir bisschen Betrieb machen und eher nach Hause kommen als letzte Woche«, meint Yvi über ihr Heft gebeugt, weil sie eben noch schnell ihre Hausaufgaben erledigt. »Vati merkt sonst noch was.«

Ach wirklich? Gut, dass es ihr auch schon auffällt!

Der JG-Abend beginnt ähnlich wie der am Montag zuvor. Zuerst der ›offizielle‹ Teil mit Gesprächen und so, der mich nicht so riesig interessiert. Ich habe mir aus Yvis Zimmer Borcherts *Hundeblume* mitgenommen und lese nebenher ein bisschen drin. Mir gefällt die Stelle, die Yvi darin angestrichen hat. Es geht um Borcherts Gedanken, als die Häftlinge im Gefängnishof alle hintereinander hertrotten und jeder von demjenigen genervt ist, der gerade vor ihm schlurft.

Möglicherweise verwende ich das auch für die Wandzeitung? Ich kritzele eine Notiz auf einen Zettel, Seitenzahl und so, damit ich mich später dran erinnere. Ich muss heute Abend noch die ganzen Schnipsel für die Wandzeitung fertigbekommen – ohne Computer und alles, das wird eine richtige Bastelarbeit, total ungewohnt.

Dann ist der offizielle Teil vorbei. Wir sitzen wieder in kleinen Gruppen beieinander und unterhalten uns. Nachdem inzwischen alle begriffen haben, dass ich zu Yvi gehöre, scheinen sie Vertrauen zu fassen. Die Gespräche gehen weiter, wenn ich dabeistehe. Wir quatschen, wir witzeln. Tim schaut sich kurz um – schon wieder dieser Schulterblick! Außer mir scheint keinem aufzufallen, dass diese Bewegung, das kurze Scannen ganz automatisch ablaufen, sobald man hier glaubt, an eine unsichtbare Grenze zu treten. Und das tut man meiner Meinung nach relativ schnell. Könnte daran liegen, dass der Abstand zu den Grenzen *winzig* ist.

Tim grinst. »Kennt ihr den schon: Ein Mann hat endlich Glück mit seinem Ausreiseantrag gehabt und darf rüber. Im Westen angekommen geht er in einen Laden und verlangt: ›Eine Schachtel Karo, bitte.‹ Die Verkäuferin meint: ›Was? Das ham wir nich!‹ ›Oh nein, geht das schon wieder los?!‹, seufzt der Typ … «

Alle grinsen.

Da steht Torsten neben uns. »Ihr wisst doch: Redet bitte auch hier nur so, wie ihr es in eurer Klasse oder im Betrieb tun würdet, okay?!«

Hä? Warum ist der denn jetzt so unentspannt? Das war nun wirklich kein krasser Witz, den Tim da abgelassen hat. Und ich dachte, wenigstens hier darf man ...

Mir fällt wieder ein, wie Yvi letzte Woche erzählte, dass gerade bei diesen Zusammentreffen die Leute von Spitzeln belauert werden. Das ist eine unheimliche Vorstellung. Einerseits sind hier alle sehr eng miteinander und reden teilweise über Dinge, über die ich in meinem wahren Leben kaum mit jemandem sprechen würde. Andererseits schwebt wie ein unsichtbares Damoklesschwert die drohende Möglichkeit über allem, dass unter den Freunden doch einer dabei ist, der einem richtig eine mitgeben wird. Immer noch bin ich mir nicht sicher, ob die nicht alle einfach ein bisschen übertreiben – oder ob es wirklich so krass ist.

Unsere Rückfahrt läuft diesmal zum Glück reibungslos und gut.

Danach muss ich noch die vielen Zettel mit Zitaten und Kommentaren für die Wandzeitung beschriften und zuschneiden. Puh, was für 'ne *Arbeit*! Und jetzt geh ich ins Bett. Es ist schon nach Mitternacht!

Montag, der 9. April 1984

Mit Yvi in Wöbern

Heute waren Yvi und ich nachmittags und abends in Wöbern unterwegs. Es war sehr schön. Ich bin gern mit Yvi zusammen dort.

Endlich mal Erfolge!

Die Englisch-Arbeit lief *SPITZE*! Ich bin sooo guuuut!

Danach wieder der übliche Kindergartensport. Wenn ich nur aus der Nummer rauskommen könnte! Diese ganzen (im DDR-Slang ›außerschulischen‹) Zusatzauftritte nerven gewaltig. Ich kann mich nicht erinnern, wann ich in meinem wahren Leben jemals so *MÜDE* war.

Chillen ist hier definitiv kein anerkanntes Hobby. Und da ich abends immer noch 'ne Stunde Tagebuch schreibe, fehlt mir noch mehr Schlaf. Andererseits könnte ich wahrscheinlich ohne das Tagebuchschreiben gar nicht durchhalten. So kann ich wenigstens alles ordnen und ein bisschen Dampf ablassen. Vermutlich wäre ich sonst schon geplatzt ... Außerdem habe ich das Gefühl, dass ich nur weiter Tagebuch führen muss, um schließlich in meine Welt zurück nach Hause zu kommen. Denn *WARUM* würde ich es denn schreiben, wenn nicht dafür, dass ich zu Hause darüber lachen kann, wenn ich darin stöbere? Während ich gemütlich in meinem coolen Zimmer auf dem Lesesofa liege und chille!

Nach dem Kindergartensport müssen wir die Wandzeitungssache durchziehen. Also, sie sieht jedenfalls top aus. Ich glaube, das Ganze hat sich extremst gelohnt! Wie Sarah und ich sagen würden: »Ganz schön gewaaaagt, aber ... «

Britt ist offensichtlich nicht so richtig begeistert, ja fast ein bisschen schockiert, als ich meine ganzen Zettelchen anpinne - *HALLO?!* Ich habe vielleicht mal die ganze Arbeit gemacht?! Ein bisschen Dankbarkeit hätte ich gut gefunden.

Und so sieht die Wandzeitung jetzt aus:

Was deutsche Klassiker uns zu sagen haben

Die Philosophen haben die Welt nur verschieden interpretiert, es kommt aber darauf an, sie zu verändern.
(Karl Marx)

Lasst uns damit anfangen! Jetzt gleich!

Die herrschenden Ideen einer Zeit waren stets nur die Ideen der herrschenden Klasse.
(Karl Marx)

Und sind die herrschenden Ideen wirklich unsere eigenen ?!

Die politische Gewalt im eigentlichen Sinne ist die organisierte Gewalt einer Klasse zur Unterdrückung einer anderen.
(Karl Marx)

Woher kommt uns das nur bekannt vor?

In diesen Mauern, diesen Hallen, will es mir keineswegs gefallen. (...) Und in den Sälen, auf den Bänken, vergeht mir Hören, Sehn und Denken.
(J. W. von Goethe

Und wie geht es euch so — könnt ihr noch frei denken?

Wir verlassen die Schule und ich fühle mich großartig. Dieses Unternehmen ist wasserdicht, da kann uns nichts passieren. Nur als ich Britt anblicke, kommen mir leise Zweifel. Sie dreht sich in der Tür noch mal um und schaut zur Wandzeitung – ist da ein leichter Anflug von Panik in ihren Augen?

Ich komme nicht dazu, weiter darüber nachzudenken, denn als ich zu Hause bin, treibt Mutti mich gleich wieder an. Ich soll zum Konsum laufen (um nicht zu sagen: rennen!). Es gäbe Tomatensoße, erklärt Mutti kurz.

Als ich im Konsum ankomme, wird mir schnell klar, warum Muttis Befehl so dringlich war. Die Tomatensoße (sieht aus wie etwas zwischen passierten Tomaten und Ketchup, abgefüllt in kleine Glasfläschchen) ist in diesem Universum offensichtlich heiß umkämpft.

Die Leute stehen Schlange, ich habe also nicht die befürchtete Herausforderung zu bewältigen, das Ersehnte zu suchen, ich muss mich einfach nur hinten in die deutlich sichtbare Menschenansammlung einreihen. Pro Person gibt's nur zwei kleine Fläschchen. Mutti war vorhin schon hier und hat zwei geholt. Nun bin ich dran.

Vati muss auch gleich noch zum Konsum laufen, als er zu Hause eintrifft. Yvi ist leider nicht rechtzeitig aus Wöbern zurück, um ihren Anteil zu leisten (um 18 Uhr schließt hier *ALLES!*).

Abends gibt es Makkaroni mit Jagdwurst und Tomatensoße. Wieder muss ich zugeben: Das ist superlecker! Wenn ich irgendwann zurück in mein wirkliches Leben komme, darf das mit auf meinen Speiseplan!

So, und jetzt sehe ich, dass eben eine neue Notiz von Mama in ihrem Tagebuch aufgetaucht ist.

Wandzeitung

Heute habe ich Britt mit der Wandzeitung geholfen. Und die Guppys haben Junge bekommen. Bin schon sehr gespannt, welche Farben die haben werden. Vielleicht ist wieder ein türkisfarbener dabei. Abends gab es Makkaroni, die waren wirklich lecker!

Frage mich gerade, ob all diese Tier-News, die Mama in ihrem Tagebuch stehen hat, *verschlüsselte Botschaften* sein könnten? Bedeutet türkisfarben irgendetwas? Oder: neue Fische? Soll das heißen, dass etwas Neues beginnt? Keine Ahnung. Wahrscheinlich nicht.

Oh, gerade fällt mir ein, dass ja morgen Englisch ausfällt. Keine Ahnung, warum genau. Egal. Super, *KEINE* nullte Stunde!

Ich kann kaum stillsitzen, so aufgeregt bin ich wegen der Wandzeitung. Mal sehen, ob die jemandem auffällt.

Blitzstart, Turbulenzen, Absturz

Es war eine überflüssige Frage, die ich mir da selbst gestellt habe. Natürlich fiel die Wandzeitung auf! Sie hängt genau gegenüber der Eingangstür im Schulflur, jeder muss daran vorbei. Und der Stil, den ich ihr verpasst hatte, weicht offensichtlich ziemlich von dem ab, was die Leute hier kennen.

Einfach *ALLE* stehen davor. Ich glaube, das hat diese Wandzeitung noch nie erlebt.

»Die herrschenden Ideen einer Zeit waren stets nur die Ideen der herrschenden Klasse – und sind die herrschenden Ideen wirklich unsere eigenen?«, liest Steffen vor. »Das fetzt wirklich. Mann, der arme Marx.« Er muss lachen.

Torsten, Sven, Ronny und Theini (die vier sind Steffens Stammclique in der Klasse) scharen sich um ihn und grinsen auch. Also, die sind schon mal begeistert.

Frau Ammer kommt rein. Steffen bleibt genau da stehen, wo er ist – mitten im Weg, deutlich vor der Wandzeitung. Ohne auszuweichen oder sich zu ducken.

Nach wenigen Augenblicken und einem kurzen Überfliegen der Texte hat Frau Ammer offensichtlich die Situation erfasst. »Wer war das?«, fragt sie ungewöhnlich scharf.

»Ich«, antworte ich und mache ein paar Schritte auf sie zu, auch wenn mir die Knie etwas weich werden. »Zusammen mit mir«, ergänzt Britt schnell und steht schon neben mir.

»Und wir finden die Wandzeitung diesmal *ALLE* richtig gut«, fügt Steffen hinzu. Dafür könnte ich ihn jetzt echt küssen!

Frau Ammer dreht sich um und rauscht ab.

Britt flüstert mir zu: »Von der hören wir heut noch was, wirste sehen.«

Dann gehen wir alle ins Klassenzimmer.

Russisch. Frau Schmidt sieht gleich zu Britt und mir, als sie reinkommt, bleibt bei uns stehen und fragt: »Ihr beide habt die Wandzeitung gemacht?«

Wir nicken.

»Es könnte sein, dass das Scherereien gibt. Aber nun haben sie sowieso schon zu viele Leute gesehen. Ihr hättet das lieber mit mir absprechen sollen, wenn ihr die Wandzeitung anders als sonst gestalten wollt. Da hätten wir sicher einen besseren Weg gefunden.«

Zum ersten Mal sehe ich sie nervös. Sie streicht sich die Haare zurück und läuft mit raschen Schritten nach vorn. Alle in der Klasse werden still.

Kurz danach klopft es. Der Direx. Frau Schmidt geht zur Tür und winkt uns kurz danach raus. Die Sorge sitzt immer noch in ihren Augen. »Herr Köhler möchte mit euch wegen der Wandzeitung sprechen.« Und an ihn gewandt: »Vielleicht wäre es gut, wenn ich mitkomme?«

Er zögert kurz. »Ja, in Ordnung.«

Während wir ihm schon ins Direktorenzimmer folgen, gibt Frau Schmidt den anderen schnell noch eine Russischvokabelaufgabe, die sie in der Zeit erledigen sollen. Dann will sie nachkommen.

Das Direktorenzimmer hat Türen mit dicken weißen Polstern – wahrscheinlich, damit die Schreie der gequälten Schüler draußen nicht zu hören sind. *OH NEIN*, es ist grausam: Ich hab die ganze Zeit nur so lächerliche Gedanken im Kopf, dabei spüre ich genau, dass die Sache gerade komplett entgleist!

Herr Köhler sieht uns unter seinen buschigen Uhu-Augenbrauen hinweg besorgt an. »Was hattet ihr denn mit dieser Wandzeitung vor?«

Hm, was hatten wir vor?

Britt stehen jetzt schon die Tränen in den Augen. Ich überlege fieberhaft und mir fällt absolut nichts ein. Ganz ehrlich, ich hatte *NICHTS* vor, außer ein bisschen Spaß zu haben und – ja, *VIELLEICHT* ein paar Grenzen auszutesten und jemandem auf der Nase rumzutanzen, ohne dass man mich hinterher dafür fertigmachen kann. Und bis vor wenigen Minuten habe ich mich noch für richtig clever und cool gehalten.

Mir wird in diesem Moment klar, dass ich jetzt wenigstens das Ganze auf mich nehmen muss, damit Britt keinen Stress für etwas bekommt, das sie gar nicht verzapft hat.

»Also eigentlich war das meine Idee. Ich wollte zeigen, dass Marx auch heute noch aktuell ist. Und das Goethe-Zitat. Na ja, das war eher etwas, was witzig sein sollte ...«, setze ich zu einer Erklärung an, während mir unter Herrn Köhlers strengem Blick ganz heiß wird.

Frau Schmidt kommt genau in diesem Augenblick rein, wie ein rettender Engel. Sie hört meine Erklärung noch mit.

»Also ich glaube auch, dass die beiden nichts Schlimmes damit bezwecken wollten«, meint sie. Dann sagt sie an mich gewandt: »Auch wenn ihr eindeutig übers Ziel hinausgeschossen seid!«

Frau Schmidt rettet die Situation halbwegs, während Britt die ganze Zeit halb am Heulen ist und gar nichts mehr sagt. Ich stammle immer mal wieder irgendwas, um wenigstens Britt noch ein bisschen in Schutz zu nehmen, weil ich inzwischen wirklich ein *RICHTIG* schlechtes Gewissen habe.

So wage ich auch keinen energischen Widerspruch mehr, als Herr Köhler anweist, die Wandzeitung sofort wieder abzunehmen. Mein letztes kraftloses Aufbäumen bügelt er nieder: »Die Zitate sind aus dem Zusammenhang gerissen und dadurch sinnentstellt. Und deine Kommentare dazu zeigen, dass du den Inhalt der Literatur überhaupt nicht erfasst hast. Was wolltest du mit dem Goethezitat denn sagen? Dass du hier nicht frei denken kannst?«

Bevor ich kontern kann, schneidet mir Frau Schmidt mit strengem Blick das Wort ab und sagt sehr förmlich: »Natürlich wollte sie das nicht sagen. Ich denke, wir sind uns einig. Wir werden die Wandzeitung abnehmen und ich als Klassenlehrerin kläre das mit den Elternhäusern. Beide Schülerinnen sind ansonsten bisher vorbildlich in ihrem Verhalten gewesen. Also denke ich, dass wir dieses eine Missverständnis so beilegen können, Herr Köhler.«

Dann erhebt sie sich, was uns signalisiert, dass wir uns wohl auch in Richtung Tür bewegen dürfen.

Herr Köhler sagt noch etwas, während wir schon an der Tür sind, in etwa: »... dass unter diesen Umständen natürlich die Fahrt zum Pfingsttreffen für Britt im Juni nicht mehr zur Debatte steht.«

Frau Schmidt lässt uns die Wandzeitung *SOFORT* abnehmen. Das ist zwar krass demütigend und deprimierend – ich bin aber zumindest froh, dass wir das nicht in der Pause tun müssen, wenn uns alle dabei zusehen. Dieser Teil der Aktion fühlt sich leider gar nicht abenteuerlich und heldenhaft an.

Britt heult nun richtig.

»Es tut mir leid«, sage ich und nehme sie in den Arm.

»Schon gut, da haben wir beide Mist gemacht. Ich hätte dich damit nicht alleinlassen dürfen. Und ich hätte auch gestern Abend was sagen können. Ich habe mir da schon gedacht, dass das vielleicht nicht gut ausgeht. Und wir wissen beide schon, dass du manchmal in solchen Dingen ein bisschen übers Ziel hinausschießt. Denk nur an deine Diskussionen mit Trulla in StaBü ab und an. Meist ist das ja auch sehr witzig, weil du es schaffst, gerade so weit zu gehen, dass es keine Probleme gibt. Diesmal ist es eben schiefgegangen. Das können wir nun nicht mehr ändern.«

»Danke«, entgegne ich, dann: »Was war das mit dem Pfingsttreffen?«

Ich setze jetzt alles auf eine Karte, denn natürlich *müsste* ich als Britts BFF wissen, was es damit auf sich hat.

Britt ist zum Glück gerade so durch den Wind, dass sie das gar nicht richtig mitbekommt. »Du weißt schon, Frau Schmidt hatte mich doch in diesem Jahr für die Fahrt nach Berlin zum Pfingsttreffen angemeldet. Logisch ist mir klar, dass das eine total rote Veranstaltung ist. Aber ich war noch nie in Berlin. Das wäre schon urst gewesen.« Sie wischt sich energisch die Tränen ab. »Aber das ist jetzt auch kein Thema mehr. Ich will nur nicht, dass wir uns noch weiter in Schwierigkeiten bringen. Wir müssen jetzt echt gucken, dass wir uns bisschen zusammenreißen und nicht mehr aufmucken. So was wie das hier sollte uns nicht noch mal passieren.«

Traurig rascheln die Zettel mit den eben noch so genialen Botschaften auf dem Boden. Ich knülle sie zusammen und stopfe sie allesamt in den Papierkorb neben der Tür.

Geknickt gehen wir in die Klasse zurück. Die weiteren Stunden schleichen an uns vorüber. Mir ist, als würden alle schweigend darauf warten, dass der Tag endlich vorbei ist.

Frau Schmidt kündigt Britt und mir dann auch noch an, dass sie mit unseren Eltern reden muss. Das war also leider ernst gemeint. Ich hatte gehofft, sie wollte damit nur den Direx besänftigen. Am Montagabend wird sie zuerst bei uns, dann bei Britt zu Hause auflaufen.

Keine Ahnung, was Vati *dazu* sagen wird ...

Doch dieser schreckliche Tag will und will nicht enden. Nachmittags muss ich noch in die Patenklasse! Ich hätte so gern geschwänzt, habe aber das deutliche Gefühl, dass das nach all dem Stress heute keine gute Idee wäre.

Die nervige Ammer wartet schon vor dem Zimmer der zweiten Klasse auf Britt und mich. Sie grinst, als wäre nichts gewesen, dabei weiß die sicher *ganz genau* Bescheid. Vermutlich ist sie heute früh von der Wandzeitung weg direkt zum Köhler gerannt, um ihn ein bisschen in Stimmung gegen uns zu bringen.

»Na, dann wollen wir mal«, meint sie aufmunternd.

Ich habe einen riesigen Wutkloß im Hals - und muss nun auch noch den ganzen Nachmittag mit der rumhängen. Ich hasse mein Leben im falschen Leben!

Natürlich wird mir später klar, dass ich einfach jemanden als Wut-Blitzableiter brauche, den ich nicht mag. Denn sonst müsste ich auf mich selbst sauer sein.

Wenigstens die Zweitklässler sind heute brav und alles läuft gut. Britt und ich kommen mit dem Lied von Gerhard Schöne gut an. Wir müssen ohnehin nur eine halbe Stunde überbrücken, bis wir zur Patenbrigade aufbrechen.

Die arbeitet als Serviceteam in einem Hotel in Wöbern. Sie bewirten uns in einem kleinen Festsaal. Anschließend werden wir durch das ganze Hotel geführt und dürfen dann sogar noch in das kleine Schwimmbad, das unten im Keller ist.

Es könnte ein fast cooler Nachmittag sein. Wenn nur das schlimme Gefühl im Bauch nicht wäre, das den ganzen Tag nicht mehr aufhört.

Spätabends taucht ein Comment dazu im alten Tagebuch meiner Mutter auf.

Mittwoch, der 11. April 1984

Eine mißratene Wandzeitung

Die Wandzeitung kam nicht so gut an. Wir mußten sie heute wieder abnehmen. Herr Köhler war sehr ungehalten. Frau Schmidt hat sich sogar für nächste Woche Montag zum Elternbesuch angesagt. Das ist blöd. Vati wird nicht begeistert sein.

Was ich *absolut* nicht begreife: Warum ist mir dieser Eintrag hier nicht schon zu Hause (in meinem wahren Leben) beim Lesen aufgefallen?

Abends kommt dann Yvi noch mal zu mir ins Zimmer. »Wie läuft's denn bei dir so?«, fragt sie - und auf einmal muss alles raus. Ich erzähle ihr von der Wandzeitung und wie scheiße das alles gelaufen ist. Ich muss heulen, weil das Gefühl in meinem Bauch einfach nicht weggehen will. Irgendwas hab ich heute getan, das womöglich nicht so schnell wieder vergessen sein wird.

Yvi runzelt die Stirn – *sogar Yvi*! Das macht mir noch mehr Angst!

»Mist, du hättest das mit mir vorher doch besprechen können«, meint sie, dann mit Blick auf mich Häufchen Elend: »Gut, das ist jetzt gelaufen, sehen wir, wie du aus der Sache rauskommst, und das nächste Mal zeig mir so etwas lieber vorher mal, okay? Auf jeden Fall solltest du Mutti und Vati möglichst bald sagen, dass Frau Schmidt am Montagabend kommt, sonst wird das Ganze wirklich ätzend werden. Wenn die beiden dann erst mal sauer sind, wird's nur noch grausamer.«

Gut. Oder auch nicht. Wenigstens habe ich mich nun ausgeheult. Jetzt schlafe ich.

Und morgen sieht sicher alles schon wieder etwas entspannter aus.

Kunst an der Kante

Der Schultag heute verläuft eher in gedrückter Stimmung. *ALLE* in der Schule haben das mit der Wandzeitung mitbekommen. Der Effekt ist nur leider nicht ganz der Ruhm, den ich mir für Britt und mich erhofft hatte. Sogar Herr Beyer scheint mir einen Wink geben zu wollen, als ich nachmittags im Zeichenzirkel bin. Sein Blick fällt auf mein Bild und er lächelt. »Ja, die visionärsten Künstler hatten es in jeder Gesellschaft schwer, Antje.« Er wird ernst. »Wichtig ist nur, dass man rechtzeitig erkennt, an welchen Grenzen man anhalten muss, um nicht für immer zum Schweigen gebracht zu werden. Denn das ist für einen kunstschaffenden Menschen schlimmer als der eigentliche Tod: Wenn er seine Kunst nicht leben, seine Gedanken nicht ausdrücken darf.«

Axel mischt sich ein: »Sie wollen doch nicht etwa behaupten, dass hier irgendein Künstler oder eine Künstlerin die Kunst frei leben darf, oder?!«

Herr Beyer wirft ihm einen warnenden Blick zu und meint in einem bemüht nebensächlichen Ton: »Das wäre wieder eine andere Diskussion: Was ist Freiheit? Und ehe wir zu philosophisch werden, denken wir erst mal darüber nach, wie wir ganz praktisch deine Skulptur hier so ansehnlich werden lassen, dass sie ihre Botschaft verständlich mitteilen kann, hm?«

Alle müssen grinsen. Axel hat zwar wirklich coole Ideen, die super klingen und die keiner von uns anderen richtig begreift (›Ich will die Einsamkeit der Schönheit darstellen in einer schmelzenden Eisskulptur‹ oder ›Ich zeige den schmalen Grat zwischen Irrsinn und Genie in einem roten Zwirnsfaden, der völlig willkürlich die sogenannten Normalen von denen abgrenzt, die als ›verrückt‹ bezeichnet werden‹ …), aber leider scheitert es häufig an der künstlerischen Umsetzung. Wie eben jetzt bei dieser Holzskulptur, die eigentlich *NACH GAR NICHTS* aussieht und ›Die Angst vor wahrer Nähe‹ darstellen soll.

Ja, Axel gefällt mir wirklich sehr ... aber ich fürchte, im Moment habe ich andere Probleme. Vati zum Beispiel. Ich habe zu Hause noch nichts von Frau Schmidts Besuch angekündigt. Irgendwie muss ich das spätestens morgen hinkriegen. Aber ich will am Samstag wieder mit Yvi ausgehen. Und das dürfte nach einer solchen freiwilligen Selbstanzeige vermutlich ... *unmöglich* werden?!

Am späten Nachmittag gibt es dann noch eine Überraschung: Steffen steht vor der Tür. »Ich wollte nur mal sehen, wie's dir geht«, sagt er, als ich öffne.

Wir hocken in meinem Zimmer, erst ein bisschen verlegen, doch nach und nach wird es entspannter. Wir quatschen eine ganze Weile und kommen natürlich auch auf das Thema Wandzeitung.

Zusammengefasst glaube ich, dass Steffen das Ganze schon sehr imponiert. Es ist nicht zu leugnen, dass er mich ziemlich cool findet. Aber ein kleines bisschen habe ich auch das Gefühl, dass er mir zu etwas mehr Vorsicht raten will. Keine Ahnung, vielleicht täusche ich mich ja. Ich bin jetzt wirklich müde. Warum wohl?! Zu meiner ganzen Schauspiel-Action, die ich hier leisten muss, kommt derzeit auch noch dieses Wandzeitungstheater hinzu – mein Gott, was für ein Aufriss um so ein paar Zettel!

Deshalb werde ich Vati heute nicht mehr von Frau Schmidts angekündigtem Besuch erzählen. Obwohl mir Steffen vorhin dazu geraten hat, es zu tun. Er meinte, je länger ich es herausschiebe, desto schlimmer würde es werden. Zumindest hätte er für das ›Erschaffen einer parallelen Realität‹ (ja, das klingt besser als ›lügen‹) von seinem Vater bisher nie positive Reaktionen bekommen ...

PS.: Heute Abend wurde mir klar, warum mir der Eintrag gestern in Mamas Tagebuch unbekannt war: Jetzt war er durchgestrichen.

Im Dunkeln sitzen

Nichts Interessantes am Vormittag. Und beim PA natürlich auch nicht.

Nachmittags und abends ist's dann etwas amüsanter. Yvi geht diesen Freitag nicht aus, weil Tante Beate mit Ralf zu uns kommen will. Es wird wohl auf einen Spieleabend hinauslaufen, was ich ganz okay finde.

Ich brauche dringend eine Pause von meinem Leben als Ost-Teenie – eine Pause von der Schule, eine Pause von den ganzen Fallen, in die ich hier tappe, sobald ich nur ein bisschen Spaß haben will. Weiterer Pluspunkt: Vati wird auch abgelenkt sein und statt mit mir wahrscheinlich mit seiner Schwester rumdiskutieren.

Gerade als wir uns in der Küche zusammenfinden, geht auf einmal das Licht aus. Zuerst denke ich, die Glühbirne in der Lampe ist kaputt. Doch schnell wird klar, dass es überall dunkel ist. *STROMAUSFALL.* Das scheint niemanden sonderlich aufzuregen. Gut, an technischem Fortschritt und Luxus haben die Leute hier meiner Meinung nach sowieso nichts zu verlieren. Es gibt ja ohnehin keine Möglichkeit, mit jemandem zu chatten oder zu telefonieren. Kein Internet, keine ordentliche Musik, keine interessanten Filme oder Serien, nichts zu kaufen, was man wirklich haben will ... Und an solchen Abenden wie heute gibt es dann on top nicht mal elektrisches Licht oder einen Herd, auf dem wir was kochen können! Geheizt wird im Übrigen ja auch sonst in altertümlichen Öfen – und zwar mit Kohle und Holz! Zum Glück musste ich bisher nicht heizen. Ich hätte auf diese Weise niemals ein Feuerchen machen können, sondern wäre schon längst erfroren.

In der Küche gibt es neben dem Elektroherd noch einen alten Küchenherd, in dem Mutti jetzt ein Feuer mit Holz entfacht. Yvi hat bereits überall Kerzen angezündet.

Es ist unglaublich, wie entspannt die hier sind. In meinem richtigen Leben würde ich an einem solchen Abend total die Krise kriegen. Und die sitzen hier bei Kerzenlicht und fachen ein Feuerchen an. Wenn es noch schlimmer käme, würde sich vermutlich auch keiner aufregen, sondern alle gingen ganz entspannt miteinander in den Wald zum Holzsuchen! Oh Mann.

Mutti kocht das Essen auf dem alten Herd und macht Wasser für den Tee heiß. Ich helfe ihr und nutze die Gelegenheit, um ihr eine etwas entschärfte Version der Wandzeitungsproblematik unterzujubeln, damit schon mal die erste Vorbereitung für das Montagabend-Gespräch mit Frau Schmidt getan ist. Mutti ist nicht begeistert. Aber bestimmt war es die richtige Entscheidung, zuerst sie zu informieren, damit sie schon mal bei Vati vorarbeiten kann. Ich habe die dumpfe Ahnung, dass er deutlich aufgeregter darauf reagieren wird als Mutti. Von ihr gab es jetzt *zum Glück* auch kein Ausgehverbot für morgen!

Der Abend geht entspannt zu Ende. Bei Kerzenschein und in bester Laune spielen wir Mensch-ärgere-dich-nicht und diverse Kartenspiele.

Ausgehen! Juchhuuu!

Heute war ein cooler Tag. Gut: vormittags wieder Schule. Und Schule am Samstag, wer hat das bitte erfunden?

Aber der Rest vom Tag war echt klasse. *ZUM GLÜCK(!)* durfte ich tatsächlich mit Yvi mit.

Vati hätte am liebsten ein absolutes Verbot verhängt, vielleicht so etwas wie ›nicht bewegen, ausgehen, lachen, reden oder irgendetwas tun, außer in die Schule zu gehen und wieder nach Hause zu kommen‹. Mutti hat ihm vom bevorstehenden Besuch meiner Lehrerin erzählt, aber mich auch gleich ein bisschen in Schutz genommen. Sie hat gemeint, ich wäre schon genug bestraft worden und würde das sicher nicht wiederholen.

DANKE, DANKE, DANKE!

Dabei ist Mutti und Vati die ganze Tragweite wahrscheinlich noch gar nicht bewusst. Ich habe das ungute Gefühl, dass es am Montag, wenn Frau Schmidt bei uns auftaucht, noch mal ziemlich stressig wird. Bevor also dann vielleicht ein riesiger ›Stubenarrest‹ als Fluch über mir liegen wird, genieße ich meine heutige (möglicherweise letzte) Ausgeh-Chance in vollen Zügen!

Aber von vorn: Nachmittags stylen wir uns, abends geht's zur Kirchenkeller-Party der JG! Das ist noch besser als die Disko letzte Woche!

Zum Glück kann ich wieder Klamotten von Yvi anziehen. Mamas Zeug ist wirklich so hässlich. Gäbe es die Möglichkeit, etwas aus einer anderen

Zeit zu schicken, meine Mutter würde von mir sofort nach meiner Rückreise in mein eigenes Leben einen riesigen Karton cooler Sachen geschickt bekommen und wäre der Star ihrer Jugendzeit damit! Okay, keine Pläne in verfrühter Vorfreude: Noch bin ich hier.

Der Kirchenkeller ist eine Location, die perfekt geeignet ist, um richtig Party zu machen. Drei Leute aus der JG haben sich zusammengetan und feiern gemeinsam ihre Geburtstage da. Jeder hat etwas an Essen oder Getränken mitgebracht.

Besonders schön finde ich den Eingangsbereich mit den coolen Fotos an den Wänden. Ich fotografiere selbst unglaublich gern – und ich glaube, ich mach das auch ganz gut. Ich habe die meisten Bilder auf dem Rechner abgespeichert. Die hier dagegen sind alle mit einer einfachen analogen Kamera aufgenommen. So eine besitzt Mama im 21. Jahrhundert immer noch.

Die Fotos wirken allein dadurch bezaubernd altmodisch, weil sie völlig unbearbeitet sind. Und in Schwarzweiß.

Carla kommt ins Foyer. »Na, gefällt's dir? «

»Ja, super! « Ich lache sie an. »Das sind richtig gute Bilder. Hast du die gemacht? «

»Ja. Mich interessiert eigentlich alles, was mit Foto und Film zu tun hat. «

»Cool, mich auch! Ich will mal Regisseurin werden. «

»Aha. « Carla sieht mich an, als hätte ich etwas völlig Schräges gesagt, so was wie: ›Morgen fliege ich zum Mond. ‹

»Haben eure Eltern da Beziehungen oder so? «

»Wie meinst du das? «

»Na ja, ich dachte kurz, dass du das wirklich ernst gemeint hast. Du weißt natürlich, dass man das nicht einfach so wird, oder?« Sie lächelt schief, als hätte jemand einen Witz gemacht, der gar nicht komisch ist.

Mir fällt ein, wie oft meine Mutter heute die Freiheit feiert. Wie ich hier so mit Carla stehe, begreife ich, was Mama damit meint. Während ich zu Hause oft davon genervt bin, weil ich in solchen Momenten das Gefühl habe, sie hat GAR KEINE Ahnung davon, wie schwierig es für 14-Jährige heute ist, das Richtige zu tun. Wie kompliziert es ist, dass man schein-bar hunderttausend Möglichkeiten hat, zwischen denen man sich ab-solut nicht entscheiden kann – und alle scheinen Entscheidungen zu erwarten. Über hunderttausend Dinge, die ich noch gar nicht absehen kann. Und von denen viele vielleicht auch gar nicht zur Debatte stehen: Ziele, die für mich persönlich dann doch nicht erreichbar sind. Weil ich bestimmte Dinge nicht lernen kann, die ich dafür brauchte. Weil es zu viele Leute gibt, die genau dasselbe wollen und ich deshalb eben einen bestimmten Beruf dann doch nicht lernen kann, wenn es nur wenige Stellen da gibt. All so was. Das finde ich manchmal echt belastend und Mama ist mir keine Hilfe dabei!

Aber wenn ich jetzt darüber nachdenke – statt vielen Möglichkeiten ge-nau eine einzige zu haben?! Wie fühlt sich das denn an?

Carla fotografiert richtig gut. Doch sehr wahrscheinlich wird sie nie etwas studieren oder lernen dürfen, was mit Fotografie zu tun hat. Sie wird genau den Job machen, den sie zugeteilt bekommt. Ich erinnere mich, wie Mama mir oft so etwas erzählt hat. Dass sie als Jugendliche vor allem darunter gelitten hat, dass sie wusste: sie würde *nichts* auspro-bieren dürfen. Es gab genau das, was zufällig da war – und zwar für den Rest des Lebens. So wie beim Essen: ›Es wird gegessen, was auf den Tisch kommt.‹ Nur das eben leider fürs gesamte weitere Leben.

Und auf einmal verstehe ich Mamas Begeisterung dafür, dass wir uns zwischen verschiedenen Optionen entscheiden und dabei auch Fehler machen dürfen. Für die Freiheit, dass wir träumen dürfen, auch wenn manche dieser Träume nur Träume bleiben. Es gibt diesen kleinen Funken Möglichkeit – es *könnte* wahr werden.

Nach der Episode mit Carla bin ich kurz ein wenig niedergeschlagen. Dann fällt mir aber ein, dass es 1989 die Wende geben und Carla dann auch erst um die 20 Jahre alt sein wird. Noch jung genug, um doch das auszuprobieren, was sie am liebsten will und am besten kann.

Während ich das denke, zieht sich mein Herz wieder so eigenartig zusammen, weil mir einfällt, dass die Wende zwar Mama und Tante Yvi eine schönere Zukunft beschert hat, als sie sonst gehabt hätten – aber Oma und Opa sind auf der Strecke geblieben. Die beiden waren zur Wende schon über 40 und gehörten zu denen, die ihre Arbeit verloren und keine wirkliche Chance hatten, irgendwo völlig neu anzufangen. So wie viele nach dem Ende der DDR. Ich habe oft von Mama und Yvi gehört, dass es Oma und Opa jahrelang echt nicht gut ging. Ich schüttle die düsteren Gedanken ab. Es ist Vergangenheit!

Der Rest des Abends ist wirklich witzig. Wir tanzen auf den Tischen – und zwar wortwörtlich. Das macht tierisch Spaß. Und wenn ich die hier alle dancen sehe, weiß ich sofort, aus welcher Zeit Mama ihren abstrusen Tanzstil hat ...

ICH BIN SO MÜÜÜÜÜÜDE!

Es ist unsagbar anstrengend, vor Vati die Form zu wahren und um acht Uhr morgens mit strahlendem Lächeln am Frühstückstisch zu hängen, pardon, aufrecht zu sitzen. »Ja, reichst du mir mal die Butter, danke, Yvi ... «

Vati hat offensichtlich noch nie was davon gehört, dass man in unserem Alter am Wochenende zwischen den Ausgeh-Einheiten dringend Schlaf benötigt. Aber wenn ich ihn so aus den Augenwinkeln ansehe, will ich auch nicht diejenige sein, die ihn mit dieser Wahrheit vertraut macht. Jedenfalls nicht heute.

Der Tag vergeht in bleischwerem Trott. Sonntage sind schon zu Hause nicht mein Ding, aber hier sind sie sterbenslangweilig.

Abends plansche ich im lauen Badewasser. Wie ich mich nach einer endlosen Dauerdusche mit heißem Wasser sehne!

Besuch mit Nachspiel

Heute Nachmittag war nicht an ein angebliches Knöchelturnschuh-Shopping zu denken. Frau Schmidt würde abends kommen. An einem solchen Tag würde Vati mich bestimmt nicht in bis spätabends draußen rumziehen lassen. Deshalb habe ich gar nicht erst danach gefragt.

Ich hatte heute früh schon ein flaues Gefühl im Magen und das wird nachmittags nur schlimmer. Fast bin ich schon dankbar, als ich Mutti nach dem Abendessen beim Abwaschen helfen kann. Das ist zwar nicht der tolle Mega-Ablenker, aber besser als gar nichts. Yvi ist nicht da – angeblich lernt sie in Wöbern mit einer Freundin. Ich weiß, dass sie abends jedenfalls in die JG gehen wird.

Dann klingelt es. Meine Übelkeit erreicht einen neuen Höhepunkt, als Mutti und Vati mit Frau Schmidt im Wohnzimmer verschwinden. Ich soll in meinem Zimmer warten. Einen Lauschversuch unterlasse ich – Vati würde vermutlich ausrasten, wenn er mich bei so etwas ertappen würde. Das Risiko will ich jetzt nicht auch noch eingehen.

Nun sitze ich in ›meinem‹ Zimmer wie auf Kohlen. Zu Hause würde ich jetzt mit Sarah chatten. Oder ein bisschen im Internet rumsurfen, um mich abzulenken. Hier drehe ich stattdessen fast durch. Wenn ich doch mit Britt chatten oder wenigstens telefonieren könnte ...

Eine halbe Stunde später ...

So, ich bin wieder zurück. Eben hat mich Mutti aus der Warteschleife befreit, aber nur, um mich vors Schmidt-Vati-Mutti-Tribunal zu holen. Ich ließ die Predigten über mich ergehen. Die von Frau Schmidt ruhig und gelassen, aber eindringlich. Die von Mutti besorgt und zurückhaltend. Die von Vati voller unterdrückter Wut.

Dabei weiß ich doch selbst schon ganz genau, dass ich Scheiße gebaut habe! Es ist so nervig, dass Erwachsene immer glauben, es würde irgendwas bringen, wenn sie einen nach einem Fehler noch mal und noch mal zusammenfalten. Hallo, registriert vielleicht jemand, dass es mir sowieso schon total schlecht geht?!

Frau Schmidt betonte sehr nachdrücklich, dass ich von nun an nicht mehr auffallen dürfe. Ansonsten würde es mit dem Ausbildungsplatz zur Erzieherin nicht klappen. Sie hatte den Direx dieses Mal gerade noch davon abhalten können, die Sache mit der Wandzeitung in meine (also eigentlich in Mamas) Schülerakte zu nehmen. Aber beim nächsten Mal ...

Den restlichen Abend verbringe ich sehr leise in meinem Zimmer, während Vatis wütender Ärger unüberhörbar zu mir herüber weht.

Antje wird schlagfertig

Nach dem Abend gestern bin ich heute nicht besonders in Form. Cindy gibt mir den Rest.

Sie spaziert vorüber und schaut auf mich herab: »Na, läuft wohl nicht mehr so gut mit Steffen und dir, was?!«

Die geht mir echt auf die Nerven. Dauernd haut sie irgndwem einen ihrer unlustigen Witze um die Ohren. Dabei hat sie Spaß. Immer auf anderer Leute Kosten. Oh Mann, ich kenne solche Leute so gut, die nerven ihre Umwelt offensichtlich überall und zu jeder Zeit.

Ich sehe Britt an. »Du könntest eine Zeitreise in die Steinzeit machen, selbst da würde in der Höhle so 'ne Cindy sitzen und die anderen schikanieren. Und in 200 Jahren, ich schwör's dir, da gibt's die immer noch und sie fliegen in goldenen Kapseln zum Mond und kommen leider immer auch wieder zurück ... «

Britt muss lachen.

Cindy hat nichts davon mitbekommen, dreht sich um und legt nach: »Tja, vielleicht hätte er ja gern mal was zum Anfassen, nicht so was Dürres.«

Antje (die echte Antje) hätte jetzt wahrscheinlich nur schamrot geglüht und vergebens auf ein Verschwinden im Erdboden gehofft. Aber Cindy legt sich ja gerade – ohne es im Geringsten zu ahnen – mit mir an: Alina, einer Gegnerin aus der Zukunft.

Und Alina hat etwas zu sagen. »Moment, ich schreib mir eben noch auf meinen Lebensplan, dass ich mir schnellstmöglich so ein dümmliches Grinsen zulegen muss, wie du es zu bieten hast, um alle möglichen Leute zu beeindrucken ... ach ja, und dann muss ich mir unbedingt noch völlige Leere im Hirn erarbeiten. Das wird sicher schwierig, mhh?«

Cindy ist sprachlos. Schätze, das passiert ihr nicht allzu oft. *Yes.* Punkt für mich.

Wahrscheinlich nimmt sie mich (bzw. Antje) eh nur ins Visier, weil wir langsam modisch etwas aufholen. Dank Yvis Nähkünsten und ihres Kleiderschranks bin ich inzwischen deutlich interessanter angezogen als am Anfang meiner Steinzeitreise.

Stress mit Trulla

Das war ein TAG DES SCHRECKENS!

Und wenn ich das sage, rede ich noch gar nicht davon, dass wir quasi nachts im strömenden Regen zur Schule schleichen mussten (mal wieder nullte Stunde. Ich kann nicht in Worte fassen, wie **UNNÖTIG** ich das finde!). Dann immer noch diese A...-Kälte – hallo?! Es ist schon Mitte April und wir leben immer noch kurz überm Gefrierpunkt. Na ja, heute früh zumindest.

Jedenfalls schleichen Britt und ich frostgeschüttelt und höchst unmotiviert Richtung Schule. Da entdecken wir vor Trullas Haustür (dort führt unser Schulweg vorbei) mehrere Blätter auf dem Boden, schon klitschnass.

Wir kommen nicht umhin, sie genauer anzuschauen, denn sie liegen genau vor unseren Füßen.

DIE MAUER MUSS WEG!

DIE MAUER MUSS WEG steht in großen, gedruckten Buchstaben darauf.

›Ein Visionär!‹, denke ich noch, bevor mich der Schock mit aller Härte trifft: Das hier wird nicht spaßig ausgehen! Wer auch immer das geschrieben hat, wird wohl nicht als Visionär gefeiert werden. Nicht mal als Spinner belächelt. Sondern der wird ziemliche Probleme kriegen.

Das wird mir noch klarer, als ich in Britts aufgerissene Augen blicke. Sie ist leichenblass. »Ach du Scheiße«, raunt sie mir zu.

Wir zögern kurz und wissen nicht, was wir tun sollen. Dann (ich weiß nicht, ob Britt damit anfängt oder ich) klauben wir ohne nachzudenken hastig die Blätter vom Boden auf, laufen los. Mir ist heiß. An der Ecke steht ein Papierkorb. Wir zerreißen wortlos die Zettel in kleine Schnipsel, werfen sie hinein, dann laufen wir davon.

»Hoffentlich hat uns niemand gesehen.« Kurz bevor wir in der Schule einlaufen, fasst Britt in Worte, was ich die ganze Zeit denke.

Ich blicke sie an. Wenn ich nur halb so verstört wie sie aussehe, muss man uns zwangsläufig für schuldig halten – woran auch immer.

»Komm erst mal mit aufs Klo«, schlage ich vor. An meiner eigenartig quiekenden Stimme merke ich, dass ich genauso durch den Wind bin wie Britt.

Wir brauchen fünf Minuten Pause auf dem Schulklo, um zu uns zu kommen. Kaltes Wasser über die Hände laufen lassen ... Langsam kehren wir ins Leben zurück.

Schweigend gehen wir in den Unterricht. Englisch fliegt an uns vorbei. Dann die nächsten Stunden.

ABER: In der letzten Stunde geht es dann richtig ab, gerade als Britt und ich uns halbwegs von unserem morgendlichen Schock erholt haben.

Trulla kommt rein und ist damit beschäftigt, betroffen dreinzuschauen. Die Frau geht mir so krass auf die Nerven!

Sie baut sich schnaufend vorn am Lehrerpult auf. »Es ist unglaublich«, stößt sie hervor, während sie wütend um sich blickt. »Ich hätte nicht gedacht, dass es hier bei uns – hier bei uns! – solche Konterrevolutionäre, solche Kapitalisten ... solche Staatsfeinde gibt.«

Eigenartigerweise wird ihre Stimme immer kontrollierter, während sie ihre Phrasen drischt.

Als Alina in meinem wahren Leben würde ich darüber lachen, einen Witz machen über Trulla, die mehr als je zuvor wie eine aufgeblasene Kröte aussieht, die gleich platzt, während sie diesen Blödsinn von sich gibt. Kommt, Leute, das *IST* lächerlich!

Aber leider ist es real und bevor meine Anspannung in eine Lachattacke umschlägt, tauchen blitzartig vor meinem inneren Auge wie Puzzleteile Bilder auf: Steffen und Tim, Witze erzählend, mit dem Schulterblick vorher. Britt und ich beim Direx. Britts Tränen. Vatis wütende Blicke.

Die aufsteigende Angst siegt über den eben noch unkontrollierbar scheinenden Lachreiz. Kälte durchströmt mich.

SCHEISSE, HAT DIE UNS HEUTE FRÜH GESEHEN?!

Ich spüre, wie Britt neben mir sich innerlich genauso zusammenkrampft. So müssen sich Tiere in einer Falle fühlen, wenn sie die Schritte des Jägers näherkommen hören ... immer näher ...

Trulla zieht etwas aus ihrer Tasche. »Das lag heute Morgen in meinem Flur.« Sie wedelt mit einem Zettel, der mir leider sehr bekannt vorkommt. Er sieht aus wie einer von denen, die wir heute früh zerrissen haben.

Einer ist übrig geblieben.

Wie nur?!

»Jemand muss es unter meiner Tür durchgeschoben haben. Es ist UN-GLAUBLICH«, löst Trulla mit empört bebender Stimme das Rätsel auf.

Die anderen sitzen ebenso erstarrt wie Britt und ich auf ihren Plätzen und versuchen zu erkennen, was eigentlich auf dem Zettel draufsteht.

»DIE MAUER MUSS WEG!«, trompetet Trulla (›Das haben jetzt aber SIE gesagt‹, schießt mir unwillentlich ein Witz durch den Kopf. Dann steigt Übelkeit in mir auf.).

Keine Ahnung, wer das mit den Flugblättern war. Aber ich weiß, dass es ihm oder ihr richtig an den Kragen gehen wird.

Quälend langsam schleicht die Stunde – und damit dieser schreckliche Schultag – einem Ende entgegen.

Am Nachmittag steht ausnahmsweise mal kein außerschulisches Event auf dem Plan. Mutti ist noch arbeiten, als ich nach Hause komme. So bin ich allein. Um den Gedanken zu entgehen, die sich in meinem Kopf wie ein böser Kreisel um sich selbst drehen, leine ich Sancho an. Der hüpft begeistert auf seinen kurzen Beinchen um mich herum.

Wir laufen zwischen Wald und Acker auf einem Feldweg entlang. Von Weitem sehe ich einen einsamen Radfahrer auf dem Weg. Als er näher-kommt, erkenne ich ihn: Steffen. Na, das ist sicher kein Zufall, dass der auf der Strecke hier unterwegs ist!

Wir begrüßen einander und tun beide ganz selbstverständlich. Als ob wir uns hier jeden Tag über den Weg laufen würden. Er schließt das Rad an und begleitet Sancho und mich. Sancho scheint einverstanden zu sein. Nachdem er Steffen kurz beschnuppert hat, schießt er wieder be-geistert los. Hier darf er nämlich ohne Leine rumlaufen. Er bohrt seine Nase in einen kleinen Dreckhaufen und wir müssen beide über ihn la-chen, weil er gleich darauf den Kopf hebt und empört niest.

»Der ist wirklich witzig«, meint Steffen. Wir reden über die Schule. Dann über Trulla. Und dann über das, was heute los war.

»Was glaubst du, wer das war?«

Er zuckt die Schultern. »Keine Ahnung, könnte praktisch jeder gewesen sein. Oder kennst du jemanden, den das ganze Theater hier nicht ab und zu nervt? So was wie diese Jugendstundenkacke oder dauernd zu irgendwelchen Veranstaltungen rammeln, auf die keiner Bock hat?«

Ich erhole mich kurz von dem Schreck, den das Wort ›rammeln‹ in mir ausgelöst hat. Inzwischen habe ich registriert, dass das hier für alle möglichen Themen benutzt wird, zum Beispiel für ›sich stoßen‹ und auch, um zu sagen, dass eine große Menge Leute irgendwo hingeht. Ich kenne das Wort allerdings aus meiner normalen Sprachumgebung nur in einem einzigen und sehr eindeutigen Zusammenhang. Deshalb zucke ich jedes Mal zusammen, wenn es jemand wie selbstverständlich gebraucht.

Auf jeden Fall kommen wir zu keinem Schluss. Wer hat diese Flugblattaktion gewagt? Keine Ahnung, nach wie vor.

Am Abend schaue ich noch mal in Mamas altes Tagebuch. Da steht etwas.

Mittwoch, der 18. April 1984

Ein Zwischenfall

Trulla ist total fies und hinterlistig.

Wenn ich diesen Eintrag vor ein paar Tagen schon hätte lesen können, wäre ich wahrscheinlich davon ausgegangen, dass Mama eine schlechte Note kassiert oder sich über Trullas superlangweiligen Unterricht aufgeregt hatte. Oder ausgefragt worden war und abgelost hatte (gut, das war schon schwerer vorstellbar, bei ihrem Streberdasein). Auf *irgendetwas* in der Art wäre ich jedenfalls gefasst gewesen.

Wie naiv von mir! Denn jetzt muss ich sagen: Nach all den Jahren, die ich Mama als Erwachsene schon erlebt habe, und nach den vier Wochen hier in der sozialistischen Steinzeit kenne ich sie wohl immer noch nicht!

Ja, es ging viel Kinderkram in ihrem Kopf rum zu der Zeit, als sie 14 Jahre alt war. Aber es hat damals auch wichtige Dinge in ihrem Leben gegeben, von denen ich gar nichts weiß. Die sie mir nie erzählt hat.

Die ich selbst in meinem wirklichen Leben im 21. Jahrhundert nie erleben werde.

HOFFENTLICH.

Hoffentlich darf ich meine Fehler machen, ohne ein Leben lang dafür bestraft zu werden.

Aus dem Künstlerleben

Heute habe ich es geschafft, mit Axel ins Gespräch zu kommen. Ob nun in der Wirklichkeit des 21. Jahrhunderts oder auf einer Zeitreise: Es ist einfach zu jeder Zeit unfassbar cool, als Achtklässlerin für einen Zehntklässler interessant zu sein. Dass er original so wie mein Traumboy zu Hause aussieht, macht alles noch aufregender, leider aber auch sehr, sehr verwirrend. Nach zehn Minuten Axel-Kontakt habe ich nämlich keine Ahnung mehr, mit wem ich eigentlich gerade flirte und ob ich mich von Axel küssen lassen würde, wenn er es versuchen würde. Und ob ich das nur zuließe, weil ich dann kurz die Illusion haben könnte, es wäre Tomek. Oder ob ich mich in Axel verliebt habe? Und was das bedeutet, wenn ich in mein wahres Leben zurückkomme. Denn dort ist Axel ein uralter Typ ... *IGITT*.

Wenn ich an diesem Punkt meiner fantastischen Überlegungen angekommen bin, erscheint mir das alles dann doch gar nicht mehr so lustig.

Axel ist jedenfalls immer noch mit seinem Kunstwerk beschäftigt. Er säbelt verbissen an der unansehnlichen Holzfigur rum. Irgendwie scheint er nicht ganz bei der Sache zu sein. Vielleicht ist er aber auch nur genervt, weil es nicht so rüberkommt, wie es in seiner Vorstellung sein soll. Gar nicht.

Oh Mann, wie gut ich das kenne. Ich hasse es, wenn ich ein Bild male, eine genaue Idee habe, wie es aussehen und was es ausdrücken soll. Und dann sieht es gar nicht so aus, wie ich es vor meinem inneren Auge hatte. Selbst in meiner Vorstellung existiert dann das Idealbild nicht mehr

– es wird überdeckt, weggewischt von dem plumpen Bild der Realität. Wie frustrierend das ist!

»Es wird nie so, wie man es sich vorgestellt hat«, entfährt es mir.

Axel blickt mich überrascht an. »Stimmt.«

Wir reden noch ein bisschen über dieses frustrierende Phänomen.

Zum ersten Mal bin ich mir danach sicher, dass er mich wirklich registriert hat. Mit klopfendem Herzen und verwirrten Gefühlen stolziere ich raus.

Ein Tag zum Chillen!

Schulfrei! Unglaublich, dass es in dieser Welt einen Karfreitag gibt. Gestern Abend habe ich sogar einen kleinen Schokoladenosterhasen auf meinem Schreibtisch gefunden. Es scheint Familientradition zu sein, dass man am Gründonnerstag eine Kleinigkeit bekommt. Zumindest die Kinder. Selbst Yvi zählt wohl mit ihren 17 Jahren noch dazu. Heute konnte ich tatsächlich mal ein bisschen chillen. Und außer meinen eigenen Gedanken hat mich niemand gestört.

Samstag, 21. April 1984

Was sein muss ...

Es gibt eigentlich nicht viel zu schreiben. Aber da ich es bisher geschafft habe, jeden Tag einen Eintrag zu machen, habe ich den persönlichen Ehrgeiz entwickelt, das auch weiterhin zu tun. Mama wäre stolz und unglaublich überrascht, dass ich so etwas wie Ehrgeiz entwickeln kann. Wenn es sich auch – zugegeben – momentan gerade nicht um Latein handelt. Dafür wünscht sie sich meinen Ehrgeiz wohl am meisten. Er wäre auch nötig. Ich muss heute Abend allein hier zu Hause rumhängen, während Yvi in Wöbern ist. Sie will – so die wie immer für Vati aufbereitete Version – mit Schulfreundinnen in die Disko gehen. In Wirklichkeit wird die JG in der Kirche übernachten.

Bin total neidisch. Leider hat Vati seine Wutschraube noch nicht so weit wieder zurückdrehen können, dass ich gewagt hätte, um Ausgang zu bitten. Also bleibe ich hier und lese noch ein bisschen in den ›nls‹.

Lyrische Anwandlungen

Ja, Ostereiersuchen ist Kinderkram. Ich habe es trotzdem genossen!

Danach geht es zum gemeinsamen Osterspaziergang! Nach und nach wird mir klar, warum meine Muter heute so ist, wie sie ist: Auf stundenlange Spaziergänge wurde sie offensichtlich schon während ihrer Kindheit konditioniert. Sie kann als Erwachsene gar nicht anders, als ständig wieder nach draußen zu stürmen und ernsthaft zu glauben, alle genießen es, in absolut reizfreien Gegenden wie an einem Fluss oder im Wald rumzulaufen.

Damit nicht genug. Mutti und Vati rezitieren auch noch gemeinsam den *Osterspaziergang* von Goethe. Sie kichern und spazieren munter voran. *Jesus!* Ich komme mir heute endgültig vor wie im falschen Film! Die beiden finden das offenbar superspaßig und Yvi steigt auch noch mit ein. Nur ich muss passen, was wohl alle etwas irritiert. Mama als echte Anschi hätte sicher aus dem Effeff alle möglichen Goethe-Gedichte runtergerattert.

Vielleicht sind die Leute hier aber auch einfach durcheinander, weil es zum Ostersonntag endlich mal Temperaturen über 20 Grad gibt und ein Wetter herrscht, das wenigstens einen Hauch an Frühling erinnert. ›*Vom Eise befreit*‹ trifft's daher recht gut.

Ein Moment der Erkenntnis

Heute bin ich endlich dazu gekommen, mit Yvi über dieses Flugblattding zu sprechen. JG fiel aus, deshalb war sie abends zu Hause – und nicht zum angeblichen Lernen bei einer Freundin in Wöbern.

Yvi und ich waren stattdessen mit Sancho unterwegs. Wenn ich nach Hause zurückkomme, werde ich Mama nie wieder nerven, dass ich soooo gern einen Hund hätte. Ich bin doch eher der Katzentyp, hab ich beschlossen. Mit Katzen kann man entspannt auf dem Sofa chillen und sie nerven nicht, wenn sie rauswollen, sie gehen einfach. Während man mit einem Hund bei Wind und Wetter draußen rumstolpern muss. *Jeden* Tag.

»Hast du eine Idee, wer das gewesen sein könnte?«, frage ich Yvi, nachdem ich die Flugblatt-Story losgeworden bin. Schließlich war sie mal auf derselben Schule, sie sollte also zumindest die aus der Neunten und Zehnten noch einigermaßen kennen.

»Hm, weiß nicht, jemand aus der Zehnten vielleicht? Wahrscheinlich schon. Ich denke, von den Jüngeren traut sich das noch niemand, obwohl ... « Sie wirft mir einen vielsagenden Blick zu (sie denkt wahrscheinlich an die Macherinnen der Wandzeitung, bekanntlich zwei übergeschnappte Achtklässlerinnen) und überlegt weiter. »Ich frag Conny mal, wenn ich sie das nächste Mal in der Disko sehe, die ist ja in der Zehnten. Hoffe, sie war's nicht selbst.«

»Und du bist dir sicher, dass Britt und dich niemand gesehen hat, als ihr die Flugblätter gefunden und weggeschmissen habt?«, fragt sie nach einer Weile besorgt. »Nach eurer Wandzeitungsaktion wäre das jetzt nicht so toll. Du weißt, dass Vati deswegen immer noch am Rad dreht.«

»Na ja, was heißt sicher. Natürlich bin ich mir nicht zu hundert Prozent sicher. Aber ich kann mir auch nicht vorstellen, dass da jemand freiwillig morgens um sieben in der Gegend rumhängt, um zuzusehen, wie ein paar bemitleidenswerte Geschöpfe mitten in der Nacht zur Schule kriechen.«

»Na ja, um die Zeit sind viele unterwegs in die Schule, zur Arbeit ... Vielleicht war sogar derjenige da, der die Flugblätter ausgelegt hat.« Sie läuft zu Sancho, der gerade wieder etwas Undefinierbares im Maul hat und triumphierend auf Yvi zurast. Hoffentlich hat er nichts Lebendiges gefangen, der kleine Freak.

Ich blicke ihr nach.

Jemand aus der Zehnten.

Jemand, der jetzt weiß, dass ich die Flugblätter gefunden habe.

Auf einmal ergibt alles einen Sinn. Mir wird schlecht vor Aufregung. Und ein bisschen auch aus Angst um jemanden, der ein großes Risiko eingegangen ist.

Ruhe vor dem Sturm?

Leider bin ich Axel heute nicht begegnet. Vielleicht irre ich mich. Bestimmt war er es nicht. Oder doch? Ich bin mir sicher, wenn ich ihn sehen oder mit ihm reden könnte, würde ich es intuitiv wissen.

Ansonsten verläuft der Tag langweilig. Ich weiß nicht, ob ich es mir nur einbilde, aber alle scheinen seit ein paar Tagen nicht mehr so gut drauf zu sein. Selbst die Blödeleien mit Steffen, Britt und Nadine in den Pausen machen weniger Spaß. Und obwohl endlich das Wetter angenehmer wird, fühlt sich in den Hofpausen alles wie eingefroren an. Ich bin mir nicht sicher, seit wann mir das so vorkommt. Seit der Flugblattsache? Oder schon seit dem Tag, an dem wir unsere Wandzeitung wieder abnehmen mussten?

Auch der morgendliche Schulweg mit Britt ist nicht wie sonst. Es ist nicht zu glauben, aber wir haben bis jetzt kein einziges Mal über die Flugblattgeschichte gesprochen. Als würde uns eine unsichtbare Macht zum Schweigen zwingen. Mama würde diesen Satz mit einem spöttischen Kommentar belohnen, etwa: › Wem sollte es gelingen, dich zum Schweigen zu bringen? ‹ Sie fehlt mir so.

Davon abgesehen geht der Tag recht friedlich vorüber. Sogar die kleinen Kindergartenfrösche in unserer nachmittäglichen Sportsession sind heute entspannt und folgsam. Am liebsten mag ich Christian und Jenny, zwei vierjährige Knöpfe. Sie hängen die ganze Zeit an mir dran.

Auf einmal fragt mich Christian: » Antje, gibt es Gott? «

Am liebsten würde ich sagen, was ich glaube und fühle. Aber ich zögere. Ich denke daran, was für ein Riesending es war, zur Jungen Gemeinde zu fahren. Hier ist es nicht angesagt, Gott zu lobpreisen, so viel ist selbst mir als Zeitreisende inzwischen klar. Ich will den Kleinen beschützen, ihm die Wahrheit sagen, meine Wahrheit. Aber ich will auch mich selbst schützen. Ich blicke in Christians große, braune Murmelaugen. »Ja, mein Kleiner, wenn du daran glaubst, gibt es ihn. Das darf jeder für sich selbst entscheiden, ob er an einen Gott glauben will. Oder an Feen. Oder an etwas ganz anderes.« Ich schaffe es: Ich sage in dem Moment das, was ich fühle. Aber ich habe Angst dabei.

Dienstag, der 24. April 1984

Fragen ohne Antworten

Heute im Kindergartensport hatte ich zum ersten Mal in meinem Leben Zweifel daran, ob ich eine so gute Erzieherin sein kann, wie ich immer dachte. Vielleicht bin ich doch nicht richtig geeignet dafür.

PS.: Das tauchte eben in Mamas Tagebuch auf. Sie hat offensichtlich dieselbe Frage von Christian gestellt bekommen. Und sie glaubte danach nicht mehr an ihre größte Begabung: mit kleinen Kindern umzugehen. Ich kenne keinen Menschen, der darin so gut ist wie sie. Ich kann kaum aushalten, dass sie so sehr an sich gezweifelt hat. Und das alles nur wegen dieser ganzen Politik-Kacke.

PPS.: Ach ja, eine eigenartige Sache gab's heute noch. Wir sollen morgen *alle* unsere Hefte und Hefter (sprich: Ordner) mit in die Schule schleppen. Keine Ahnung, was die absurde Idee soll. Aber eigentlich bin ich mir fast sicher, dass es was mit den Flugblättern zu tun hat. Vielleicht wollen sie die Blätter in sämtlichen Heften und Ordnern aller 370 Schüler checken, um per Papiertest zu ermitteln, welche den Flugblättern ähneln ... Haha, echt verschlagen, dieser Super-Direx und sein Gefolge.

Neuigkeit: Ich bin ein Russisch-Loser

Wir tanzen wieder mal zur nullten Stunde in der Schule an. Anschließend wird in Russisch eine Leistungskontrolle geschrieben – ein Risiko, das ich völlig verdrängt habe. So bin ich nicht mal mit 'nem Spicker ausgerüstet. Mist. Sehr wahrscheinlich hat meine automatische Intuition, die mich bisher durch die unbekannte Russischwelt getragen hat, nicht ausgereicht, um ein unauffälliges Ergebnis zu erzielen. Zumal unauffällige Noten im Leben meiner Mama damals ja Einser waren!

Nachmittags darf ich zum Glück mit der Patenklasse ins Kino fahren. Ich weiß nicht, ob das zufällig auf dem Plan stand. Oder ob Frau Ammer nach dem ganzen Wandzeitungsdebakel erst mal davon absieht, mich weiter unkontrolliert auf die Mini-Kids loszulassen, und stattdessen Events plant, bei denen ich nichts verkacken kann. Wäre mir egal. Ich hätte nichts dagegen, wenn es immer so relaxed ablaufen würde.

Axel sehe ich zwar kurz auf dem Schulhof, kann aber nicht unauffällig zu ihm hingehen, da er mit den anderen aus der Zehnten herumhängt.

Alles ist klar

Als ich heute früh in die Schule komme, beweist sich, dass meine Vorahnung berechtigt war. Wie ein Lauffeuer hat sich die Nachricht verbreitet: Axel hat die Flugblätter ausgelegt. Alle starren ihn an, als er durch die Schule läuft. Er blickt niemanden an. Mich auch nicht.

In der Schule kursieren die wildesten Gerüchte. Die Stasi wäre Axel auf die Schliche gekommen, weil sie in einem seiner Hefter Blätter gefunden hätten, die mit den Flugblättern identisch gewesen sein sollen. Andere behaupten, die Polizei hätte eine Hausdurchsuchung bei Axels Familie gemacht und dabei Stifte gefunden, mit denen er die Flugblätter beschriftet hat. Wieder andere erzählen, er wäre durch einen Komplizen verraten worden.

Nachmittags im Zeichenzirkel fehlt Axel. Wir anderen arbeiten schweigend an unseren Sachen, ohne einander anzusehen.

Der Fluch aus dem Nirgendwo

Axel ist heute nicht in der Schule. Man munkelt von einer Gerichtsverhandlung, aber niemand weiß was Genaues.

Frau Schmidt nimmt Britt und mich heute gleich wieder beiseite, um uns noch einmal ins Gewissen zu reden, dass wir auf keinen Fall eine Aktion »wie die mit der Wandzeitung neulich« wiederholen sollen.

Ständig habe ich das Gefühl, jemand flüstert über die Flugblattgeschichte. Irgendwas liegt in der Luft. Eine unangenehme Anspannung. Die man nicht fassen kann. Für die man keine Worte findet.

Am Nachmittag sind Yvi und ich mit Sancho unterwegs. Gleich als sie nach Hause kam, bin ich auf sie zugestürzt. Ich brauche jetzt jemandem, mit dem ich reden kann! Ich brauche Yvi. Dafür nehme ich in Kauf, dass ich (wieder einmal) mit ihr zügig durch den eiskalten Wald sprinten muss (ja, der kurze Anflug von Frühlingswetter vor einigen Tagen ist schon wieder der Kälte gewichen).

Ich berichte ihr von dem ganzen Debakel. Eigenartig, sie ist kein bisschen überrascht. Andererseits: Klar, selbst ich hab in den paar Wochen hier schon zur Genüge erlebt, wie das läuft. Was genau hätte man erwarten können nach dem Auftauchen des Flugblatts? Großmütiges Verzeihen oder gar Verständnis? Vergiss es.

Am Abend taucht wieder ein rasend interessanter Eintrag im Tagebuch meiner Mutter auf.

Es ist so kalt

Wir waren heute mit Sancho unterwegs. Es war richtig kalt. Schnurz sitzt zurzeit auch am liebsten bei mir im Zimmer. Es ist ein Wetter, bei dem man einfach irgendwo in einem sicheren Versteck bleiben will.

Ich gehe prinzipiell davon aus, dass Mama alles exakt so erlebt hat, wie ich es hier gerade durchleide. Wenn das so ist, verdrängt sie ziemlich gut. Oder sollten die Einträge doch versteckte Botschaften enthalten? Oder hat sie es damals geschafft, mit alldem ganz anders umzugehen als ich jetzt gerade?

»Wie nur?«, frage ich Schnurz.

Der kuschelt sich nur schnurrend an mich.

Noch mehr Frust

Heute am Nachmittag kommt Steffen vorbei. Obwohl ich zurzeit ziemlich abgelenkt bin, weil meine Gedanken dauernd um Axel kreisen, freue ich mich, Steffen zu sehen. Zumindest am Anfang.

Wir reden ein bisschen. Und wenn ich jetzt so darüber nachdenke, muss ich sagen: Ich glaube, Steffen hat heute einen Rückzieher gemacht. Ich bin nicht sicher, ob nur in Bezug auf Aktionen, bei denen man sich politisch aus dem Fenster lehnt, oder ob der Rückzieher auch für das zwischen uns (oder besser: zwischen Antje und Steffen) gilt.

Er erzählt mir, dass er in diesem Schuljahr schon mehrmals zum Direx musste. Es ging um die ›Werbung zum Berufsoffizier‹.

»Ehrlich, das war schon belastend genug. Und du willst nicht wissen, wie mein Alter darauf reagiert hat, als ich ihm gesagt habe, dass ich nur die anderthalb Jahre zur Fahne gehe, die ich unbedingt gehen muss. Keinen Tag länger!« Steffen blickt mich an, in seinem Gesicht spiegelt sich Verzweiflung. »Frau Schmidt hat mir schon einen Wink gegeben, dass ich jetzt mal eine Zeit lang die Klappe halten soll. Und für Britt und dich wäre das wahrscheinlich auch ganz gut, nichts mehr zu machen.«

Fahne – so nennen sie den DDR-Wehrdienst – scheint ein heftiges Thema zu sein. Allen Jungs graut davor. Und es gibt keine Alternative wie Zivildienst oder Soziales Jahr oder irgendetwas in der Art.

Nachdem Steffen weg ist, starre ich in den Schneeregen hinaus. Hat denn hier wirklich *jeder einzelne Mensch* ein riesiges Problem im Gepäck, das ihn belastet?

Nach dem anfänglichen Schock meiner Ankunft in der grauen Vorzeit hatte ich fast Gefallen am Leben hier gefunden. Es war abenteuerlich. Und ich hatte eine coole große Schwester. Außerdem kam ich mir oft clever und überlegen vor, weil ich vieles wusste, von dem die anderen noch nicht mal etwas ahnten! Ich sage nur: Computer und Handy – allein damit öffnen sich Welten, die hier noch gänzlich unbekannt sind.

Aber seit einiger Zeit ist der Spaß völlig weg. Es ist gar nicht mehr witzig, hier zu sein. Sondern bedrückend und traurig.

Allein die Vorstellung, wie einem hier das Leben versaut wird. Also echt, fassen wir mal zusammen: Ein 16-jähriger Typ hat ein paar Zettel vor der Tür einer Lehrerin fallen lassen, auf denen stand, dass eine Mauer abgerissen werden soll.

Okay. Darüber könnte man lachen. Oder man könnte es ignorieren. Wenn man es total übertreiben will, könnte man sich angegriffen fühlen und ihn kurz fertig machen – und dann wäre es auch echt wieder gut.

Aber was läuft stattdessen hier ab?! Es droht die Mega-Strafe! Ohne jeden Humor, ohne jedes Verzeihen ... Wer einmal, ein einziges Mal(!!), etwas Falsches sagt oder tut, kann direkt einpacken.

Ich denke wieder an diese Angst. Und wie schlimm sich das angefüllt hat, als Trulla mit dem Flugblatt gewedelt hat. Als ich sofort wusste, dass jetzt etwas Blödes passieren würde.

Während ich das jetzt schreibe, fällt mir ein, woher ich eine solche Art Angst kenne. Aus meinem wahren Leben.

Bei Sarah gab es mal eine Pyjamaparty. Lucie fotografierte dauernd mit Max' Handy rum. Ich fand das nervig, dachte mir aber auch nichts dabei.

Als Max zwei Tage später sein Handy wiederhatte, lachten sich die Jungs aus unserer Stufe tot. Sie nervten uns mit Sprüchen wie »Netter BH, Alina« oder »heiße Shorts, Sarah«. Wir fanden das gar nicht lustig.

Aber Angst bekamen wir erst, als Leona meinte: »Wenn Max die Bilder in den Messenger stellt, sind wir erst richtig blamiert.«

Ich erinnere mich noch gut an den tiefen, heißen Schrecken, der mir durch den ganzen Körper schoss. Den anderen ging es offensichtlich genauso. Uns wurde schlagartig bewusst, dass etwas passiert war, das Konsequenzen haben würde. Und auch, dass wir nicht einschätzen konnten, welche das sein könnten.

Einige erzählten es ihren Eltern. Leonas Mutter fuhr noch am selben Abend zu Max, ließ sich das Handy geben und löschte sämtliche Bilder von der Pyjamaparty.

Mama hatte vorgeschlagen, dass wir selbst zu Max gehen und ihn bitten sollten, die Fotos zu löschen. Ansonsten sagte sie zu der ganzen Geschichte nur: »Leben heißt, sich immer wieder zu entscheiden und dann die Konsequenzen zu tragen. Und diese Konsequenzen musst du aushalten, selbst wenn du keine Chance hattest, sie abzusehen.«

Jetzt begreife ich, dass sie das schon mit 14 erfahren hat. Leben heißt: Entscheide dich und trage die Konsequenzen.

Zum Schluss hat Mama damals gesagt: »Ihr wisst nun wenigstens, dass ihr so etwas nicht wieder tut. Und auch nicht zulasst, dass eine Freundin so etwas macht, die gerade nicht mitdenkt.«

Und weiter ...

Eigentlich hatte ich heute Abend überhaupt keine Lust, wieder ins Tagebuch zu schreiben. Ich bin erschöpft und habe das Gefühl, wieder und wieder dieselben Gedanken zu denken und dauernd die gleichen Sätze zu schreiben. Aber ich habe mich nur schlaflos hin und her gewälzt. Also Licht wieder an. Wenn ich sowieso nicht zum Schlafen komme, kann ich genauso gut weiterschreiben. Wahrscheinlich habe ich inzwischen zu Hause auf dem Handy eine Million und 367 neue Nachrichten. Oder noch schlimmer: keine einzige. Weil mich alle schon abgeschrieben haben.

Heute gab es wieder einen Lern-Treff mit Britt und Nadine. Zum Glück ging es nicht um Russisch. Das ist sogar schlimmer als Latein. Ich bin damals in der 5. Klasse mit Latein als erste Fremdsprache gestartet. Ich sag nur: *Errare humanum est*. Statt spannender Stunden voller historischer Geschichten und abenteuerlicher Märchen in einer Geheimsprache (ja, genau das alles hatte ich mir von Latein erhofft!) ging es nur ums Vokabellernen. Das ist so trist! Und Russisch steht Latein offensichtlich in nichts nach. Dazu kommt noch, dass kein einziger DDR-Schüler jemals die Chance hatte, sich freiwillig für oder gegen Russisch zu entscheiden. Ich bin froh, dass mein Englisch so gut ist. Damit kann ich bei unseren gemeinsamen Lernaktionen hier wirklich punkten.

Leider waren unsere Gespräche heute Nachmittag nicht so lustig wie sonst. Es ging um Nadines Mutter. Offensichtlich trinkt die ziemlich viel, deshalb gibt es zwischen Nadines Eltern richtig oft Stress. Vielleicht lassen sie sich sogar scheiden. Heute kam Nadine schon total verheult hier an und schüttete ihr Herz bei Britt und mir aus. Britt schaffte es, Nadine zu trösten. Ich war eher ratlos. Ein dumpfes Gefühl ist in mir zurückgeblieben: Hört denn das mit den Problemen gar nicht mehr auf?

Noch eine Dosis Trulla, danach ein cooler Abend

Oh Mann, wir haben in Musik heute über Blues und Jazz gesprochen. Ich denke, ich hör nicht richtig, als Frau Heintz das N-Wort zum ersten Mal sagt. Dann stelle ich fest, dass das tatsächlich im Musikbuch so steht. Ich überlege eine Weile, wie weit mein Mut reicht - spreche ich es an? Doch ich wage es nicht, mich zu melden und etwas dazu zu sagen. Zugleich erinnere ich mich an wenigstens zwei Situationen, in denen ich das auch zu Hause auf dem Schulhof meines Gymnasiums - natürlich einer ›Schule ohne Rassismus‹ - gehört habe und mich nicht getraut hab, etwas dazu zu sagen. Traurig, wie oft ich innerlich rebelliere, aber eben nur da. Wird das besser werden, wenn ich älter bin? Werde ich dann etwas sagen, wenn Unrecht passiert?

Nach Unterrichtsschluss entdecke ich Axel auf dem Schulhof und gehe zu ihm hin. Mir ist egal, ob das schlecht für mich ist oder ob ich ihn nerve. Sein Blick hat sich verändert. Es zerreißt mir das Herz, ihn so zu sehen. Ich denke nicht mehr darüber nach, ob das so ist, weil er wie Tomek aussieht. Oder weil ich mit der Wandzeitung im Kleinen erlebt habe, was er jetzt wahrscheinlich ein paar Nummern größer durchmacht - und deshalb mit ihm leide.

Ich wage es nicht, ihn auf die Flugblattkatastrophe anzusprechen. Stattdessen frage ich ihn, ob er Lust hat, mich in die Bücherei zu begleiten. Mir ist nämlich letzte Woche eingefallen, dass ich dort auch mal reinschauen könnte.

Als wir um die Ecke laufen, steht urplötzlich jemand vor uns. Trulla. Wir sind ihr geradewegs in die Arme gelaufen. So ein Mist.

»Das wird sich sicher in der Schulbücherei finden lassen, die ist ja gerade ausgebaut worden«, erklärt mir Axel aus dem Nichts heraus mit betont sachlichem Gehabe.

»Vor allem die politische Abteilung hat viele interessante Neuzugänge bekommen«, mischt sich Trulla ungefragt ein. Treffer, versenkt – Axels aufgesetzte Gleichgültigkeit fällt in sich zusammen wie eine Papierkulisse. In Sekundenschnelle erkenne ich in seinem Blick Wut und Abwehr. Er funkelt Trulla an. »Das werden sicher sehr interessante Bücher sein, wenn Sie die ausgewählt haben, Frau Müller. Aber möglicherweise lesen wir eher unterschiedliche ... Literatur ... «

Ich spüre, wie sich die Haare an meinen Unterarmen aufstellen und mein Magen sich zusammenzieht – ich will aus dieser Situation raus! Deshalb reiße ich die Tür zur Bibliothek auf und stürme hinein. Trulla biegt nach kurzem Zögern zum Lehrerzimmer ab und verschwindet darin.

»Du kannst die Klappe auch nicht mal halten, oder?« Ich bin ein bisschen wütend auf Axel, vor allem aber bin ich besorgt. Er ist auf dem besten Weg, dieselben Probleme zu bekommen wie Vati damals. Und ich will nicht, dass Axel genauso ein frustrierter Erwachsener wird.

Axel steht dicht vor mir und schaut mir in die Augen. »Und du passt besser mal auf, mit wem du so unterwegs bist. Für manche Lehrer reicht es im Moment schon, wenn sie Leute in meiner Nähe sehen, um diejenigen fertig zu machen. Alles klar?!« Damit dreht er sich um und verlässt die Bücherei.

Ich bin kurz ein bisschen durch den Wind. Er muss seine Wut echt nicht an mir auslassen! Immerhin bin ich *für* ihn! Merkt der denn gar nichts?

Um mich etwas zu beruhigen, sehe ich mich erst mal um. Ich bin zum ersten Mal hier – dabei bin ich im wahren Leben an unserem Gymi richtig gern in der Bücherei. Oh Mann, ich sehne mich so nach zu Hause!

Zumindest gibt es hier auch gemütliche Lese-Ecken. Eine Menge klassische Literatur. Im Jugendbuchbereich finde ich nichts, was mich begeistern könnte. Aber wenigstens Zeitschriften sind da – ich nehme ein paar ›nls‹ mit, die ich noch nicht kenne. Dann mache ich mich auf den Heimweg.

Abends gibt es wenigstens eine gute Nachricht: Wir dürfen (sogar mit Erlaubnis von Vati!) zum ›Tanz in den Mai‹ fahren. Das ist offensichtlich der Sammelbegriff für jede Party, die am 30. April so steigt. So können wir endlich mal wieder zur JG – und auf dem Rückweg gehen wir in eine Dorfdisko!

Ich freue mich, mal wieder mit in der JG zu sein. Dort ist es gewohnt entspannt. Um was es in der üblichen Gesprächsrunde geht, bekomme ich nicht mit. Will ich auch gar nicht. Ich muss mal Pause vom politischen Alltagsleben machen. Kein Mensch – und schon gar nicht einer, der erst 14 Jahre alt ist – kann dauernd schwermütig vor sich hinstarren oder Revolutionen planen. Manchmal muss man auch einfach Spaß haben!

Uwe, Tim und Carla, die begeisterte Hobbyfotografin, kommen später mit in die Disko. Yvi, Carla und ich schminken uns auf dem Klo, bevor es auf die Tanzfläche geht. Zufrieden mustere ich mich im Spiegel: Make-up, eins von Yvis Fledermaus-Shirts, dazu eine ebenfalls weit geschnittene Hose – ich sehe sehr lässig aus!

PS.: Ach ja, in Russisch haben wir die Leistungskontrolle zurückbekommen. Ich habe eine Zwei! Frau Schmidt runzelte die Stirn, als sie mir das Blatt überreichte. Und ich wäre vor Erleichterung fast an die Decke gesprungen, denn ich hatte mit einem Fünfer gerechnet!

Live-Parade

Nelken und Fähnchen schwirren durch meine Gedanken, sobald ich die Augen schließe. Rote Nelken. Dahinter ist alles grau.

Heute hat es die ganze Zeit geregnet. Zu erwähnen, dass es wieder eiskalt war, erübrigt sich.

Das Event ›Erster Mai, Kampftag der Arbeiterklasse‹ ist ziemlich gruselig. Zuerst gibt es einen sogenannten Fahnenappell. Dafür marschieren wir klassenweise ein und aus. Jemand schmettert Kommandos wie »Augen geradeaus«, »Links um« oder »Stillgestanden« und »Rührt euch«.

Natürlich dürfen wir alle das FDJ-Hemd tragen und die Kleineren ihre Pionierkleidung: weiße Hemden mit blauen oder roten Halstüchern.

Der Direx nutzt den Appell, um Axel einen öffentlichen Tadel auszusprechen. Oh Gott, das ist so schlimm. Ich kann ihn kaum ansehen, wie er da vorn steht. Es fühlt sich an, als würde alles noch ein bisschen kälter und trister – vor allem um Axel herum. Als würde langsam eine feine Wand aus Eis um ihn wachsen, die ihn von allen anderen abgrenzt.

Danach geht's zur Mai-Demo. Wir schlurfen durchs Dorf. Das ist fast noch schräger als der Fahnenappell vorher. Nach und nach wächst der Zug unmotiviert wirkender Menschen an. Neben den Schülern kommen noch die Leute dazu, die sonst hier im Dorf arbeiten. Die Kleinen aus dem Kindergarten schließen sich an der nächsten Straßenecke an. Sie winken hektisch mit Fähnchen – knallroten oder kleinen Deutschlandfahnen mit einem Hammer-Zirkel-Ährenkranz-Tattoo in der Mitte. Sie finden das Ganze wohl noch aufregend, ist ja immerhin ein Höhepunkt im Kindergartenalltag.

Offensichtlich muss hier jeder an dem Ort zur Demo auflaufen, wo er arbeitet. Yvi und Vati mussten nach Wöbern fahren, während Mutti ihre Begeisterung im Nachbarort Berghein demonstriert, wo sie auf dem Gemeindeamt als Sekretärin arbeitet.

Für uns endet das Ganze auf dem Sportplatz von Hohnberg. Da ist ein riesiges Zelt aufgebaut, in dem es Essen und Getränke zu kaufen gibt. Um schnell zu vergessen, wie unangenehm der Tag war, löschen die Erwachsenen ihr Kurzzeitgedächtnis mit Bier.

Die kleineren Kinder bekommen diverse Luftballonspielereien und Wettrennen geboten. Sie purzeln auf dem Sportplatz hin und her wie aufgezogene kleine Hasen. Wir Größeren stehen ratlos beieinander. Fühlen uns verloren, weil wir in den letzten Wochen etwas zu viel mitbekommen haben, um den schulfreien Tag genießen zu können.

Traum im Traum?

Heute Nacht habe ich von meinem wahren Leben geträumt. Das war vielleicht bizzar! Drehe ich vielleicht gaaaaanz langsam durch? Ich träume die Wahrheit und lebe einen Traum?

Jedenfalls passierte in meinem Traum Folgendes: Ich ließ Wasi auf einer einsamen Insel sitzen, obwohl ich ihn hätte retten können. Ich stand an Bord eines Schiffes, das langsam an der Insel vorbeifuhr. Wasi sagte nichts. Er blickte mich nur an.

Wasi und ich waren mal richtig gute Freunde. Bis wir am Anfang der fünften Klasse aufs Gymnasium kamen. Wasi heißt eigentlich Paul Wasner, aber keiner nennt ihn so. Ich kenne ihn schon seit meinem ersten Schultag in der Grundschule. Wir mochten uns von Anfang an.

Wasi bringt einen immer zum Lachen. Er ist ein Freak, aber ein liebenswerter. Er singt manchmal vor sich hin und hat immer Ideen, die ein bisschen schräg sind. Er ist lustig – und er ist ein toller Freund. Es gab in meinem bisherigen Leben niemanden sonst, der immer so genau wusste, wie es mir gerade ging. Ja, ehrlich. Nicht mal Sarah schafft, was er konnte: Er hat mir in die Augen gesehen und gewusst, ob ich traurig oder froh oder genervt war. Und hat das Richtige getan: mich aufgeheitert, mich getröstet, mich abgelenkt, mir zugehört ...

Wasi und ich sind keine Freunde mehr.

Das ist eine lange Geschichte, die damit zusammenhängt, dass auf dem Gymnasium alle anderen Wasi peinlich fanden – und es mir immer unangenehmer wurde, mich mit ihm zu zeigen.

Dass er immer mehr zum Einzelgänger wurde.

Dass ich mich versteckte, wenn er morgens meinen Weg kreuzte, um nicht mit ihm zur Schule gehen zu müssen.

Dass ich irgendwann mal mitlachte, wenn Arne oder Josh einen blöden Witz auf seine Kosten machten.

Dass er schließlich am Schuljahresende auf eine andere Schule wechselte.

Dass wir uns seitdem nicht mehr begegnet sind.

Dass mich jedesmal eine Schamwelle überläuft, wenn ich an all das denke (und deshalb versuche ich, nicht daran zu denken).

Das ist die lange Version.

Die kurze Version ist: Ich habe meinen besten Freund verraten und im Stich gelassen, weil ich Angst hatte.

Angst, nicht mehr gemocht zu werden von allen anderen. Angst, mich lächerlich zu machen. Angst, nicht mehr cool zu sein. Angst, anders zu sein und aufzufallen.

Angst. Wenn ich darüber nachdenke: Ich weiß nicht, wovor eigentlich genau.

Es hat sich in dem Traum angefühlt wie hier. Alle tun, als wäre alles okay, und halten die Klappe. Und einer springt über die Klinge. Wieder und wieder.

Warum ist es nur so verdammt schwer, auszusprechen, was alle wissen und fühlen? Warum kann ich mich nach außen nicht so mutig und stark zeigen, wie ich innerlich bin?

Was ist denn so schlimm daran, anders zu sein?

Warum haben wir denn alle dauernd vor irgendwas *ANGST*?!

Nach diesem echt heftigen Traum muss ich mich nun auch noch zur nullten Stunde schleppen.

Ohne zu wissen, was genau auf mich zukommt, graust mir vor dem heutigen Nachmittag seit Tagen – zu Recht, wie ich heute feststelle.

Denn am Nachmittag haben wir ›Stellprobe‹. Zweck der Veranstaltung ist, dass wir für unseren Auftritt am Samstag trainieren sollen (die Jugendweihe!). Um geübt spontan auf die Bühne zu schweben und im Chor ein Gelöbnis aufzusagen.

Soweit ich das inzwischen einschätzen kann, wollen diesen Spruch die meisten definitiv *nicht* vortragen. Zusammengefasst geht es darum, dass wir bestätigen sollen, wie willig wir sind, dem Staat zu dienen bis an unser Lebensende. Und dass wir alles hier ganz klasse finden.

Bin gespannt, wie weit man sich da in der Menge verstecken kann. Wenn wir es zusammen aufsagen müssen, kann ja nicht überprüft werden, ob alle mitsprechen. Wenn allerdings von 40 Leuten am Ende nur drei mitmurmeln, fällt es dann doch wieder auf.

Später holen Mutti und ich das Jugendweihekleid von der Schneiderin ab. Es scheint unausweichlich: Ich werde in diesem ›Kleid‹ in der Öffentlichkeit aufkreuzen. Und fotografiert werden.

Ich habe aufgegeben. Was so furchtbar war, ist nebensächlich geworden. Den Fakt, dass ich bei dem Ganzen unmöglich aussehen werde, finde ich inzwischen viel weniger schlimm, als das Gelöbnisding und die Politiksache.

Beim Abendessen nervt auch noch Vati gewaltig. Einer seiner Arbeitskollegen ist wohl mit Axels Vater befreundet. Dieser Kollege hat Vati heute erzählt, dass Axels Vater in seiner Firma an einen Arbeitsplatz strafversetzt wurde, an dem er vor 20 Jahren gearbeitet hatte. Also praktisch von seinem Chef-Posten zurück auf irgendeinen Hiwi-Job. Und das alles wegen seines Sohnes, der unbedingt Zettel mit blöden Parolen vollschmieren musste – so Vatis empörte Zusammenfassung.

Ja, ja, alles sehr tragisch. Ich kann's nicht mehr hören.

Erst jetzt, abends im Bett, wird mir klar, warum Vati so außer sich geraten ist. Wenn eine seiner Töchter etwas verbockte, würde er wohl ähnlich bestraft werden.

Dann stelle ich mir vor, wie das wäre, wenn Mama und mir in unserem Leben so etwas passieren würde. Wenn sie also nicht mehr als Kindergartenleiterin arbeiten dürfte. Und das nur, weil ich etwas angestellt hätte. Zum Beispiel auf ein Blatt Papier irgendeinen langweiligen Satz zur Politik geschrieben hätte, etwa ›CDU ist doof‹. Und dann müsste ich jeden Tag zusehen, wie Mama in ein Büro ginge, wo sie für den Rest ihres Arbeitslebens Steuererklärungen bearbeiten müsste (der persönliche Albtraum meiner Mutter).

Ich würde sie jeden Morgen losgehen sehen. Und abends wiederkommen. Mit leerem Gesicht.

Die Tränen laufen, wenn ich nur daran denke.

Menschen und andere Tiere

Heute im Zeichenzirkel habe ich mein geniales Gemälde ›Ausblick in eine unglaubliche Zukunft‹ fertiggestellt. Als nächstes möchte ich etwas malen, das mit Mut zu tun hat. Wenn ich es DDR-gemäß malen wollte, würde ich einen Menschen zeichnen, der seine Meinung sagt. Einen, der eine Kirche betritt. Eine Person, die andere Klamotten als die anderen trägt. Und eine, die über eine Grenze läuft. All das verkneife ich mir. Ich bin mir sicher, dass ich damit Mamas Zukunft endgültig ruinieren würde. Frau Schmidt hat es deutlich gesagt: Wenn es noch mal ein Problem gibt, wird nichts aus der Erzieherinnenausbildung. Soll Mama ihr Arbeitsleben in irgendeinem Büro verbringen? Das würde sie killen.

So balanciere ich an der Grenze dessen entlang, was ich für ganz-sicher-noch-erlaubt halte. Bin also innerlich genauso vorsichtig zusammenge-krümmt wie die anderen Menschen hier. Und das schon nach wenigen Wochen. Dabei wäre ich so gern stolz auf mich – mutig und revolutionär. Aber ich weiß, dass jeder Schritt, den ich zu weit gehe, Konsequenzen haben kann. Und das Schlimmste: Nicht nur für mich, sondern immer auch für andere Menschen. Britt fährt nicht nach Berlin. Meinetwegen. Weil ich diese Wandzeitung inszenieren musste. Und das ist noch eine von den unspektakulären Konsequenzen.

Nach dem Zeichenzirkel wartet Axel vor der Tür auf mich. »Tut mir leid, dass ich neulich so blöd war«, setzt er an.

»Mh, schon gut.« Ich nicke ihm zu. »Trulla nervt mich auch total.«

Wir gehen gemeinsam vom Schulhof.

»Es ist nicht nur Trulla. Der ganze Mist hier macht mich fertig«, meint Axel.

Wir laufen eine Weile schweigend weiter. Schließlich stehen wir auf der Mühlbachbrücke.

»Willst du darüber reden?«, frage ich ihn.

»Ich würde wollen.« Er blickt mich an. »Aber ich kann nicht. Ich kann einfach nicht. Dauernd will jemand mit mir ›darüber reden‹. Aber da gibt es nichts mehr zu sagen. Ich habe Mist gebaut und es ist nicht wiedergutzumachen. Dabei bereue ich es nicht mal. Es wäre einfacher, wenn es mir leidtäte. Tut es aber nicht. Alles, was mir leidtut, ist, dass meine Familie meinetwegen Stress bekommen hat.«

Oh Mann. Wie gern würde ich ihm sagen, dass es vorbei sein wird. In ein paar Jahren schon! Das kommt einem in der Situation zwar immer noch ewig vor – fünfeinhalb Jahre! –, aber immerhin: Besser, als das ganze Leben so weiterleben zu müssen. Viel besser!

Er schaut ins Wasser und sagt leise: »Das ist so wie im Zoo. Also, das ist zumindest das Beispiel, das mir dazu immer einfällt.«

Ich sehe ihn fragend an.

»Okay, nehmen wir an, du hast zwanzig Tiere gefangen, die du im Zoo in ein Gehege setzt, ja? Fünf davon gewöhnen sich sehr schnell daran, dass sie jetzt nur noch kurze Strecken laufen können. Finden es vielleicht auch gut, dass sie regelmäßig genug Futter bekommen, keinen Stress mit der Jagd auf irgendwelche superschnellen Kleintiere mehr haben und so weiter. Sicherheit. Weitere zwölf von den eingesperrten Tieren fühlen sich da nicht wohl. Sie sehen struppig und ungesund aus, aber sie kommen halbwegs zurecht. Sie pflanzen sich zwar nicht gerade eifrig fort, aber sie überleben doch. Und die restlichen drei, die drehen durch. Die rennen die ganze Zeit gegen die hohen Gitterzäune, wieder und wieder. Sie merken, dass es nichts bringt. Aber sie können einfach nicht damit aufhören. Irgendwann sterben sie. Oder sie werden von den Wärtern erschossen – ist ja auch kein schöner Anblick für die Zoobesucher, diese durchgedrehten Kreaturen anzuschauen, nicht?« Er grinst schief. »Ich habe Angst, dass ich eines von diesen drei verrückten Tieren bin. Dass ich vielleicht einer bin, der nicht aufhören kann, dagegenzulaufen, bis es vorbei ist – auf die eine oder andere Weise.«

Ich bin kurz davor loszuheulen. Er hat recht! Und wer bin ich in diesem Käfig? Eine, die gegen Gitter anrennt? Mein Traum fällt mir wieder ein. Die Sache mit Wasi hat überdeutlich gezeigt: Ich bin weder Außenseiterin noch Revolutionärin. Nein, wenn es bisher in meinem Leben schwierig wurde, war ich kein bisschen mutig. Ich war nicht mal mutig genug, einem Außenseiter beizustehen. Nicht mal meinem allerbesten Freund. Und in meiner Situation hier als Zeitreisende hab ich lediglich aus Spaß mal ein paar Grenzen übertreten und will – vielleicht nur, um Axel zu beeindrucken – auch ein bisschen Außenseiterin sein.

Doch in Wirklichkeit? Ganz ehrlich: Ich bin eines von den Tieren, das den Schwanz einzieht, sobald die anderen auf den Außenseiter losgehen. Weil der dauernd am Zaun rumschubst und sie nervt. Mutig bin ich nur in meiner Fantasie. Diese Erkenntnis tut weh.

Axel blickt mich an. »Und das Beste ist, dass wir die einzigen Lebewesen sind, die sich das selbst antun! Menschen sperren Menschen ein und machen sie ohne Grund fertig. Kein Tiger würde andere Tiger einsperren. Auf solche Ideen kommen nur wir!«

Als Yvi am späten Nachmittag nach Hause kommt, schließe ich mich der Gassi-Runde mit Sancho an. Und schon bald redet sie über Vati.

»Ich weiß auch nicht, was im Moment mit ihm los ist. Irgendwas läuft da jetzt schon über ein Jahr lang schief, findest du nicht? Er wird immer schlimmer. Und Mutti wirkt so, als hätte sie es schon aufgegeben, zu ihm vorzudringen. Dabei war sie früher ganz anders.«

Okay. In dem Moment wird mir einiges klar. Nachdem Opa Herbert damals als 17-Jähriger Probleme bekommen hatte, ist er resigniert, hat aufgehört, am Gitter rumzutoben. So konnte er sich halbwegs wieder einsortieren. Aber in letzter Zeit muss etwas passiert sein, das ihm neue Probleme bereitet. Ob Tante Beate eine Rolle dabei spielt?

»Meinst du, das hat mit Tante Beate zu tun?«

»Ja, das habe ich auch schon gedacht", ruft Yvi aus. „Vati und Beate streiten im Moment echt viel. Sie macht doch ständig diese Ausstellungen mit ihren Bildern und so. Nächste Woche zum Beispiel wieder! Vielleicht passt das jemandem nicht, und sie versuchen einfach, sie oder ihre Familie unter Druck zu setzen. Keine Ahnung. Weiß ich, wie die drauf sind?« Yvi geht weiter, jetzt mit gesenktem Kopf. Sie braucht einige Schritte, um ihre Traurigkeit abzuschütteln.

Abends denke ich immer noch daran, was Axel erzählt hat. Er hat recht. Wir sind eingesperrt. Eingesperrt in einem Land. Eingesperrt in einem Denken, das vorgeschrieben ist. Und immer wieder einmal läuft man gegen eine Grenze, eine Wand, ein Verbotsschild, das man mehr oder weniger deutlich gesehen hat. Einige rennen häufiger dagegen, die anderen seltener. Manche möglicherweise gar nicht?

Aber selbst wenn – hat irgendjemand das Recht, Menschen einzusperren und zu begrenzen, nur weil einige von ihnen das vielleicht nicht weiter tragisch finden? Ist es in Ordnung, dass drei von zwanzig Lebewesen in einem Käfig sterben, nur weil die anderen es mehr oder weniger gut aushalten können? Sind die drei deshalb selbst schuld? Und: Sind es wirklich nur drei? Wie viele sterben innerlich? Wie viele sind so unglücklich, dass sie nur noch existieren, statt wirklich zu leben?

Ich wälze mich stundenlang schlaflos herum.

Ein ganz entspannter Tag

Was für ein chilliger Abend mit Yvi! Ich posiere in meinem schicken Jugendweihekleid vor ihr. Wir blödeln rum und ich kann mich nicht mehr halten vor Lachen.

Jetzt lese ich in Mamas Tagebuch, dass ich zum Glück wieder mal ganz nah an meinem Rollenvorbild war und mich in etwa so verhalten hab wie sie vor vielen Jahren. Ich kann also halbwegs beruhigt einschlafen.

Freitag, der 4. Mai 1984

Spaß mit Yvi

Heute habe ich noch einmal mein Jugendweihekleid anprobiert. Dabei habe ich mit Yvi herumgealbert und wir haben uns fast kaputtgelacht.

Das Kleid und der Kassettenrekorder, den ich morgen bekommen werde, sind das Einzige, was an diesem ganzen Rummel toll ist.

Warum?!

Wenn die Welt gerecht wäre, müsste es einen Knall geben und ich würde zurückgebeamt werden. Zurück nach Hause.

Jetzt.

In diesem Moment.

Werde ich aber nicht.

Die Welt ist ungerecht und nervt. Und ich stehe wie eine traurige Witzfigur in dem lila Rüschenalbtraum vor einem Spiegel. Mit fliegenden kurzen Haaren, yeaaahh Baby, voll aufgeladen. Hautfarbene Strumpfhosen und weiße Oma-Pumps machen den Look perfekt.

In meinem wirklichen Leben wäre ich der sichere Tipp für die Out-Liste. Laut ›nl‹ bin ich flott und modisch. Und laut offizieller sozialistischer Denke kriege ich mich nicht mehr ein vor Freude, heute in den Kreis der sozialistischen Erwachsenen aufgenommen zu werden. Ich wollte, ich wäre tot.

Okay. Es ist, wie es ist. Ich muss durchhalten und weiterspielen. The show must go on! Und ich mittendrin.

Im Flur herrscht schon leichter Tumult, Parfümduft schwebt die Treppe hoch, vermischt mit dem unverwechselbaren Geruch des *ACTION*-Haarsprays, das Yvi verschenderisch genutzt hat.

Ich schreite treppab, dann geht's in Richtung Schule: vorneweg Yvi und ich, Mutti und Vati hinterher. Die Großeltern und Tante Beate werden wir vor der Schule treffen.

Der Beginn der Feierstunde mit der Rede vom Direx geht an mir vorüber. Dann müssen wir alle auf die Bühne. Jetzt das Gelöbnis. Die Ammer liest es vor, wir müssen nur immer wieder im Chor antworten: »Ja, das geloben wir.«

Sie legt los: »Seid ihr bereit, als junge Bürger unserer Deutschen Demokratischen Republik mit uns gemeinsam, getreu der Verfassung, für die große und edle Sache des Sozialismus zu arbeiten und zu kämpfen und das revolutionäre Erbe des Volkes in Ehren zu halten, so antwortet: *ja, das geloben wir.*«

So geht das mit noch ein paar ähnlichen Sprüchen weiter. Ich habe keine Ahnung, wie viele von uns wirklich mitgesprochen haben. Ich kann in diesen Minuten nichts hören, so laut rauscht es in meinen Ohren, während ich den Mund lautlos mitbewege bei jedem »Ja, das geloben wir«.

Dann klettern wir wieder von der Bühne runter. Ich erhasche einen Blick von Beate, während ich auf meinen Platz zurückgehe. Sie lächelt schief und sieht dabei aus, als müsse sie sich jeden Augenblick übergeben. Oder als wolle sie gleich etwas sagen, was die Situation schlagartig verändern würde.

Dann müssen wir noch mal in kleinen Grüppchen auf die Bühne und uns hinter den Topfpflanzen aufbauen, die dekorativ am Bühnenrand stehen. Jede und jeder von uns bekommt einen Blumenstrauß und ein Buch (alle das gleiche): *Vom Sinn unseres Lebens.* Als ich reinblättere, lese ich vorn im Grußwort von Erich Honecker: ›Dieser festliche Tag ist einmalig und nicht wiederholbar. Er wird Euch sicher unvergessen bleiben.‹ Ja, Erich, wer könnte dem widersprechen? Allein das donnernde »Du hast ja ein Ziel vor den Augen«, das jetzt der Schulchor anstimmt, wird mir für immer im Ohr bleiben.

Endlich ist alles vorbei. Wir stolpern nach draußen. Mit einem Mittagessen im Restaurant *Am Mühlbach* geht es weiter.

Nun, wo der offizielle Teil vorbei ist, geht es mir schlagartig besser. Beate rollt immer noch schräg grinsend die Augen, wenn ich sie ansehe. Alle anderen sind schon aufs Essen konzentriert. Es gibt Schnitzel mit Kartoffeln und Erbsengemüse. Wenigstens ein echtes Schnitzel, kein Jägerschnitzel.

Langsam wird mir klar, warum Mama in ihrem Tagebuch früher so viel übers Essen geschrieben hat. Oder über ihre Haustiere. Es ist viel angenehmer, sich mit solchen Themen abzulenken. Tut man es nicht, beginnt man irgendwann unweigerlich, über Dinge nachzudenken, die man nicht verstehen kann. Ändern kann man auch nichts. Und das ist frustrierend.

Unsere Kassette

Yvi und ich haben heute den neuen Rekorder ausprobiert. Ich traue mich kaum, den zu benutzen, da das Teil hier so etwas wie ein Heiligtum ist. Nachmittags hören wir RIAS und Yvi nimmt Musik auf einer Kassette auf. Die Kassettenhülle bekleben wir mit Bildern aus den ›nls‹, nur ein kleines Quadrat weißes Papier bleibt unbeklebt.

»Die heben wir für immer auf«, beschließt Yvi zufrieden, nachdem sie die Hülle beschriftet hat. *Mai 1984, einen Tag nach Antjes Jugendweihe. Von Deiner Yvi* steht nun in dem kleinen weißen Quadrat zwischen den Bildern.

Sonntag, der 6. Mai 1984

Unsere Kassette

Heute haben wir den neuen Kassettenrekorder ausprobiert. Yvi hat mir gleich eine Kassette mit fetzigen Liedern bespielt.

Aufgeflogen

Yvi und ich sind wieder in Wöbern in der JG. Diesmal bin ich erst gegen 17 Uhr mit dem Bus hingefahren, da Yvi mich angeblich mit einer guten Schulfreundin bekannt machen will.

Der JG-Abend ist erst mal schön. Tims Familie hat Westbesuch gehabt und von dem zwei Tafeln Schokolade – Westschokolade! – geschenkt bekommen. Die liegen auf dem Küchentisch im JG-Haus und alle können sich davon nehmen. Ich bin inzwischen ernsthaft auf Schoko-Entzug. Die Schlager-Süßtafeln funktionieren einfach nicht als Ersatzdroge. Deshalb würde ich am liebsten die zwei Tafeln echte Schokolade packen und ganz allein verschlingen. Aber das geht nicht. Alle anderen nehmen sich jeweils nur ein Mini-Riegelchen. Dabei müssten die doch über die Schoki herfallen, sie haben schließlich fast nie die Chance, so etwas zu essen. Aber nein! Jeder denkt an die anderen, die dann ja zu kurz kämen. So bleibt mir nichts anderes übrig, als auch nur ein winziges Stück abzubrechen, als Tim mir galant eine der Tafeln reicht. Grmmpffh.

Mein Schokoladen-Entzug ist aber sofort vergessen, als Yvi und ich zu Hause eintreffen. Es ist kurz vor 22 Uhr. Vati hockt noch im Wohnzimmer. Als wir reinkommen, empfängt er uns sofort mit der Frage, wo wir denn gewesen seien. Morgen sei schließlich Schule ... blablabla ...

Kurz: Er glaubt einfach nicht mehr daran, dass wir zufällig immer montags bis in die Nacht mit der Jagd auf Knöchelturnschuhe und Besuchen bei unbekannten Schulfreundinnen beschäftigt sind.

Nach einigem Hin und Her sagt Yvi ihm die Wahrheit.

Er war vorher schon sauer. Wahrscheinlich hat es wieder mal Nervereien in seinem sozialistischen Arbeitskollektiv gegeben. Auf jeden Fall spüre ich sofort, dass Yvis Strategie der schonungslosen Ehrlichkeit nicht besonders gut funktionieren wird. Zu hören, dass seine Töchter jeden Montag vom Pfad des sozialistischen Jugendfrohsinns abweichen, wird Vati nicht gerade aufmuntern.

Ich habe recht. Er rastet direkt aus.

Zu allem Überfluss verplappert sich Yvi auch noch. So erfährt Vati bei der Gelegenheit obendrein, dass es auch einen Uwe in der Kirchengemeinde gibt, mit dem seine Tochter zusammen ist. Grandios.

Wir haben nun JG-Verbot.

Lebenslang.

Ich glaube, Yvi hat on top auch Uwe-Verbot. Dass sie sich wenigstens daran keinen Tag halten wird, liegt auf der Hand.

Diiie Augen geradeaussss‼

Schon wieder Fahnenappell. Da heute Jahrestag der Befreiung vom Hitlerfaschismus ist, haben wir in aller Herrgottsfrühe gleich mal wieder ein Stündchen freudig exerziert.

Nachmittags fällt wegen des Feiertags sogar der Kindergartensport aus.

Ich gehe mit Sancho spazieren (freiwillig). Kein Steffen am Horizont. Er ignoriert mich seit einiger Zeit. Genauso wie Axel, der mir seit unserem letzten Gespräch ausweicht.

Nach dem gestrigen Abend dürften sich die JG-Abende ebenfalls erledigt haben. Ich gehe davon aus, dass Vati bei nächster Gelegenheit ein umfassendes Ausgehverbot anschließen wird.

Fazit: Mein Leben in der sozialistisch-grauen Vorzeit wird ab sofort ohne die winzigste Spur von Spaß weitergehen. Super.

Danke, Yvi, das war echt clever!

Eltern, die Probleme machen

Nullte Stunde. Allein das zerstört zuverlässig den Tag. Dann ein Axel, der zügig die Richtung wechselt, als er mich am anderen Ende des Schulflures sieht. Ich beschließe, ihn ab sofort zu ignorieren. Was bildet der sich ein?!

In Russisch wird Nadine ausgefragt. Sie hat einen totalen Blackout. Frau Schmidt ist irritiert und bittet sie, nach der Stunde zu ihr zu kommen. Nadine kämpft mit den Tränen.

Als es zur Pause klingelt, steht Cindy auf und geht schnurstracks zu Nadine. Dann bleibt sie unschlüssig vor ihr stehen. »Wenn du willst, können wir auch mal zusammen lernen. Wir könnten uns in der Schulbücherei treffen.«

Was ist denn mit der los? Ich schreie sie an: »Falls du es nicht begreifst – es geht gar nicht um Russisch. Nadine hat ganz andere Probleme.«

Cindy dreht sich um. Im Weggehen ruft sie mir schnippisch zu: »Du glaubst auch, du bist die Einzige, die über alles Bescheid weiß, was?«

Nadine und Britt sehen mich einen Moment schweigend an.

»Cindys Eltern haben gerade Stress miteinander. Sie werden sich wohl scheiden lassen«, erklärt Britt schließlich.

»Aha. Woher weißt du das denn schon wieder?«, frage ich angriffslustig. Langsam gehen mir diese Ossis alle ziemlich auf die Nerven mit ihren versteckten Botschaften und Geheimnissen. Außerdem fehlt mir Schokolade. Dieser Entzug hebt meine Stimmung nicht gerade.

»Das hat meine Mutti gesagt. Ihre beste Freundin arbeitet mit Cindys Mutti zusammen im *Mühlbach* als Serviererin. Die hat es ihr erzählt«, erläutert Britt.

Ach, Trennungseltern. Tatsächlich ist das die erste Situation, in der ich bei Problemen in dieser Welt hier mitreden könnte! Als sich Mama und Papa trennten, war ich keine drei Jahre alt. Seitdem sehe ich meinen Vater nur noch selten. Er ist oft unterwegs – und eine neue Familie hat er auch. Er fehlt mir. Nicht immer, nur in bestimmten Momenten.

Mama ist jetzt mit Peter viel glücklicher. Und den mag ich auch. Trotzdem gibt es in einem Winkel meines Herzens manchmal immer noch beschämend egoistische › Was-wäre-wenn ‹-Träumereien von einer *echten* Vater-Mutter-Kind-Familie, die wir für immer hätten sein sollen.

Nachmittags muss ich dann die Kleinen aus der zweiten Klasse und deren Lehrerin ins Hallenbad begleiten. Ich liebe es zu schwimmen. Dass die Minis mich wegen meines coolen Schwimmstils und eines eleganten Kopfsprungs bewundern, hellt meine Stimmung wieder etwas auf. In solchen Momenten kann ich verstehen, warum Mama ihren Job so liebt.

Auf einmal scheint alles wieder gut

Herr Brenner hielt es für eine tolle Idee, heute in Mathe einen Überraschungstest (hierzulande Leistungskontrolle genannt) zu schreiben. Mit dieser Meinung blieb er allein. Mal sehen, ob meine überirdische Intuition funktioniert hat. Ich hoffe es.

Nach dem Zeichenzirkel (bei dem Axel fehlt) schieße ich schnellstmöglich nach Hause – für den Abend ist Klassendisko angesagt. Und auch wenn ich nach wie vor ein bisschen im Stimmungstief bin, muss ich doch jede Möglichkeit nutzen, bei der ich mich noch außerhalb meines Zimmers zu Musik bewegen darf. Über die Klassendisko hat Vati noch kein Verbot verhängt, also darf ich hin (ich frage natürlich nicht noch mal extra nach).

Ausgestattet mit Klamotten aus Yvis Fundus fühle ich mich unschlagbar. Britt und Nadine holen mich ab. Bevor wir gemeinsam losziehen, schminken wir uns. Wir haben von Yvi die Erlaubnis bekommen, ihr umfangreiches *ACTION*-Schminksortiment zu benutzen. Auch die Sache mit dem Kajalstift bekomme ich inzwischen ganz gut hin. Nadine und Britt sind beeindruckt.

Als wir bei der Klassendisko mit Steffen und den anderen beieinanderstehen, ist alles perfekt. Mehrere Leute aus der Klasse haben selbst bespielte Kassetten mitgebracht. Die Zeit, die ich in meinem wahren Leben für Internet und Chatten brauche, scheinen die DDR-Teenies vor dem Radio zu verbringen. Sie suchen nach Sendern mit guter Musik, RIAS scheint zum beispiel sehr beliebt zu sein. Dann schnell die Aufnahmetaste drücken, sobald ein guter Song anfängt. Konzentriert dranbleiben, damit man im richtigen Moment die Stopp-Taste drückt, bevor der Moderator ins Lied reinlabert. Aber auch nicht zu zeitig.

Von den Kassetten, die Theini, Ronny, Steffen und Cindy in unermüdlicher Arbeit bespielt haben, erklingen auf unserer ›Klassenfete‹ die neusten Songs. Madonna, Depeche Mode und Songs von einer Band namens Duran Duran, die hier alle ganz toll finden ... Als die langsame Runde kommt, fordert Steffen mich sogar auf. Es fühlt sich an, als wäre nichts Schlimmes passiert in den letzten Wochen. Beinahe so wie zu Hause, wenn ich mit Sarah und meinen anderen Freundinnen chille. Oder mit Tomek.

Während ich mit Steffen tanze, sehr nah beieinander, muss ich daran denken, wie Tomek wenige Tage vor meinem Zeitreise-Desaster nach einem Basketballspiel quer über den Sportplatz zu mir herüberschlenderte.

»Ich hab mitbekommen, dass du nächsten Samstag Geburtstag hast. «

Ich konnte kaum antworten, denn mein Hals war staubtrocken. »Mhh«, ächzte ich deshalb nur.

»Ich werde am Wochenende mit ein paar anderen aus unserer Stufe ins Kino gehen. Hast du Lust, mitzukommen? «

Ich konnte immer noch nicht sprechen – er stand jetzt ganz dicht vor mir. So nah, dass ich seine Sommersprossen einzeln erkennen konnte. Dunkle Punkte auf goldfarbener, sonnenwarmer Haut. Ich hätte gern sein Gesicht berührt. Das brachte mich so durcheinander, dass ich nicht denken konnte, geschweige denn vernüftig reden.

»Ähm, mal sehen«, murmelte ich. Dafür hätte ich mich selbst in den Hintern treten können. So eine Chance! Und ich führte mich auf, als wäre Tomek mir völlig egal ...

Er lächelte mich an und meinte: »Überleg es dir, ich würde mich freuen. «

Als wäre er ganz ruhig und cool ... Nur in seinen Augen, in die ich in diesem Moment sehr genau blicken konnte, saß dieselbe aufgeregte Unsicherheit, die auch in meinem Bauch rumorte.

Die langsame Runde ist zu Ende, Steffen lässt mich zögernd los und ich bin nicht mehr bei Tomek, sondern wieder hier. Im Jahr 1984. In meinem Zeitreise-Jetzt.

Nach dem Tanzen albern Nadine, Britt, Steffen und ich ein bisschen rum. Wir lachen. Weiter und weiter, wir können gar nicht aufhören. Mein Bauch tut schon weh davon. Wir wischen uns die Lachtränen weg.

Jetzt, im Bett, denke ich darüber nach, wie nahe das alles beieinander ist. All die Gefühle.

Eben fühlst du dich eingesperrt, bedrängt oder verzweifelt. Und im nächsten Moment – oder sogar im selben Augenblick – passiert etwas Wunderbares oder Witziges. Etwas, das dich überglücklich macht, dich zum Lachen bringt. Das dich von den Zehenspitzen bis unter die Kopfhaut mit Freude und Glück anfüllt.

Ob das nur bei jungen Menschen so ist? Oder geht es alten Leuten genauso? Na ja, das werde ich irgendwann wohl noch erfahren.

Unter Künstlern

Yvi und ich liegen auf zwei Matratzen in Tante Beates Dachkammer. Neben mir höre ich Yvis regelmäßigen Atem. Durch ein Dachfenster fällt das Licht einer Straßenlaterne und zeichnet ein helles Dreieck auf den Boden. Das Grün der Bilder und Skulpturen leuchtet im Halbdunkel. Vorsichtig hole ich mein Tagebuch hervor und eine Taschenlampe, um noch ein bisschen zu schreiben. Und da ist wieder das bizarre Gefühl, das Buch sofort beseitigen zu müssen. Wenn das jemand findet! Aber ich kann es nicht vernichten. Das wäre, als würde ich mich selbst verraten. Ich muss es behalten, ständig weiter reinschreiben. Als wäre es ein Teil von mir.

Und das war der Tag heute: Nach Schule und PA packe ich zu Hause meine Sachen zusammen. Eine Tasche für die Übernachtung heute bei Tante Beate. Dann noch einen kleinen Koffer – denn wir fahren morgen für eine Woche an die Ostsee. Es sind Pfingstferien (hier Frühjahrsferien genannt).

Doch heute sind wir erst einmal bei Beate. Sie plant für den Abend ein Dachbodenfest. Vatis Begeisterung zu dem Thema hält sich in Grenzen. Aber immerhin hat er uns erlaubt, zu dem Fest zu fahren. Ich habe das Gefühl, er ist der Hiobsbotschaften und unserer Rebellionen gegen ihn müde. Wahrscheinlich macht er sich um Beate mit ihrem nebenberuflichen Künstlerinnenleben fast ebenso viele Sorgen wie um seine Töchter.

Diese Gedanken habe ich aber zum Glück vergessen, sobald ich hinter Yvi auf dem Moped sitze. Wir fahren schon am Nachmittag zu Beate, denn wir wollen beim Vorbereiten helfen.

Und gemeinsam arrangieren wir so etwas Cooles! An der Wand entlang haben Beate, Ralf, Yvi und ich eine superlange Tafel aus einem Tapeziertisch und drei weiteren Tischen aufgestellt. Mit weißen Bettlaken darüber wirkt das richtig edel. Auf dieser Tafel haben wir ein Büfett aufgebaut. Mit sauren Gurken, Griebenfett in kleinen Töpfen und so etwas. Als Dessert zwei Riesenschüsseln mit Roter Grütze und Vanillesoße dazu – superlecker! Alles in allem wieder mal ein bisschen anders, als ich es aus meiner wahren Welt kenne, etwas rustikaler vielleicht. Aber ich finde es trotzdem gerade ziemlich gut.

Beate hat die Bilder und Skulpturen so aufgebaut, dass ein Rundweg entstanden ist, auf dem die Leute zwischen den Kunstwerken hindurchspazieren. Dabei werden sie im Schwarz-Weiß-Grau immer wieder von grünen Hoffnungspunkten überrascht. Ich finde es unfassbar genial und laufe vor Ausstellungsbeginn schon mindestens fünfmal durch den Raum.

Gegen 18 Uhr geht's los. Es sind ziemlich viele Leute gekommen. Yvi und ich haben alle Hände voll zu tun, weil wir die Bewirtung übernommen haben.

Es gibt nur eine Situation, die sich in meinem Gedächtnis verhakt hat. Sie taucht immer wieder hartnäckig auf und stört das perfekte Gesamtbild, das ich gern von diesem Abend in Erinnerung behalten will.

»Rudi ist rüber.«

»Hab's gehört. Haben die drei es geschafft?«

»Später.«

Eine der beiden Frauen, Monika, hat mich bemerkt. Sie schaut mich an, lächelt und fragt: »Ist eigentlich von der leckeren Bowle noch was da?«

Ich weiß nicht, warum diese paar Sätze – deren Botschaft ich nicht einmal halbwegs verstanden habe – meinen Magen in Aufruhr und mich in Alarmbereitschaft versetzen. Es war etwas in den Blicken und Stimmen der beiden Frauen, das sofort diese bedrohliche Spannung wiedererzeugt hat, die ich schon aus anderen Situationen kenne: Schulterblick, Wandzeitung, Flugblatt ...

Aber vielleicht übertreibe ich. Wahrscheinlich werde ich langsam paranoid. In der kommenden Woche werde ich mich jedenfalls richtig gut erholen! Gott, lass Sonne scheinen, damit ich einfach nur im Meer schwimmen, am Strand liegen und chillen kann!

Juchhu, es geht in den Urlaub!

Ganz früh am Morgen weckt uns Beate. Nach dem Frühstück fahren wir auf dem Moped nach Hause, gefolgt von Beate im hellblauen Trabi.

Der froschgrüne Wartburg steht schon startbereit auf dem Hof, Vati auch – sichtlich erleichtert, dass wir endlich da sind. Er bespricht noch kurz mit Beate die Details zu Hühnerhof und Scheune. Beate wird nämlich diese Woche täglich zum Haus fahren und die Tiere füttern. Sancho darf für die Urlaubswoche mit zu ihr. Der königliche Tiger Schnurz bleibt im gewohnten Domizil und sieht mit verächtlichem Katerblick dabei zu, wie der schwanzwedelnde Sancho in Beates Trabi verfrachtet wird.

Mutti hat für die Fahrt Brote vorbereitet (Bemmen, meine ich natürlich), dazu zwei Thermoskannen mit Tee und Kaffee. Das ist auch nötig: Die Fahrt, für die wir in meinem wahren Leben etwa vier Stunden gebraucht hätten (wenn mein Stiefvater Peter fahren würde, noch weniger!), dauert hier zehn Stunden. Mir wird auch bald klar, warum: Die atemberaubende Höchstgeschwindigkeit eines Wartburgs liegt so knapp über 100 km/h. Viel schneller könnte man sich auf den Straßen mit all den Schlaglöchern, in die wir alle paar Sekunden knallen, aber ohnehin nicht fortbewegen.

Wir hoppeln durch die ganze altertümliche DDR. Zumindest fast. Gegen 14 Uhr – ich bin schon total durchgerüttelt und kurz davor, mich zu übergeben – bleiben wir nach einem kurzen Aufschnaufen des Wartburgs abrupt stehen. Vati steigt aus, man hört ihn fluchen. Ich verstehe nur einzelne Worte: Kühlwasser, Getriebe, überhitzt ... Ich frage mich ernsthaft, wovon dieser Oldtimer überhitzt ist, die Temperaturen um uns rum sind leider immer noch unterirdisch. Ich bange seit heute Morgen schon, dass ich vielleicht die ganze Woche nicht ins Meer kann. Bei zehn Grad Wassertemperatur ist es nicht gerade verlockend, sich in die Fluten zu stürzen.

Wir machen bei Broten und Tee Rast auf einer Bank am Wegesrand, während der Wartburg abkühlen darf. Nach einer Stunde geht es weiter. Nun kommen wir noch langsamer voran, weil Vati das Auto schonen muss. Abends trudeln wir endlich in Ahlbeck ein, unserem Urlaubsort auf Usedom.

Während wir durch den Ort fahren, sauge ich alles in mich auf: Rieche und fühle das nahe Meer. Sehe tolle Häuser. Etwas abgeschabt und alt vielleicht, aber so herrschaftlich, richtig cool! Oh Mann, vielleicht wohnen wir jetzt eine Woche in so einer Villa! Tatsächlich. Wir halten vor einem der prächtigen weißen Riesenhäuser. Aber zu früh gefreut: Die Unterkünfte für uns sind nicht in der Villa, sondern in einer Art Baracke, die im Garten hinterm Haus steht. Dort haben wir ein Vierbettzimmer mit einem Waschbecken. Von Privatsphäre scheinen die hier nicht viel zu halten. Hallo, wer will bitte mit seinen Eltern in *einem* Zimmer wohnen?

Zum Essen müssen wir zu einer anderen Villa laufen, wo in einem großen Raum jeweils morgens und abends ein riesiges Büfett aufgebaut wird. Nach dem Abendessen bummeln wir die Strandpromenade entlang. Möwen schreien, Wellen schlagen glucksend an den Strand. Glück durchströmt mich: *Meerliebe, Meerliebe, Meerliebe!*

Obwohl das Wetter immer noch nicht so super ist, finde ich jetzt gerade alles gut. Einfach mal keine Probleme! Keine Schule, keine Politik, keine seltsamen Gespräche. Und für morgen Mittag habe ich Broiler bestellt. Dank meiner guten alten Ost-Mama weiß ich, dass morgen unter diesem Decknamen ein Brathähnchen auf mich wartet – mmmh.

Yvi rastet aus

Ja, von wegen chillen und abschalten und alles easy ... Denkste.

Heute gab's gleich nach dem Frühstück einen Riesenkrach zwischen Yvi und Vati. Ich weiß nicht, warum sie unbedingt Uwe ins Spiel bringen musste. Wäre es so schlimm gewesen, wenn wir für ein paar Tage einfach mal alle gar nichts gesagt, sondern nur aufs Wasser geschaut hätten?! Ich jedenfalls könnte das stundenlang tun.

Es ist zwar immer noch ungemütliches, kaltes Wetter, aber ich liebe es, in einem Strandkorb zu sitzen und mich im Anblick der Wellen zu verlieren. Außerdem hab ich mir was zum Lesen aus Mutti und Vatis Bücherregal mitgenommen. Ich war echt überrascht, dass ich da auf witzige Geschichten gestoßen bin: zwei Bücher von Ephraim Kishon, ein Buch namens *Der Sonntagsmörder*, ein anderes mit Erzählungen von einer Schriftstellerin namens Renate Holland-Moritz.

Trotz Regens sitze ich also heute zwei oder drei Stunden in einem Strandkorb, mit dickem Wollpulli und langer Hose, lese, träume vor mich hin, blicke aufs Wasser. Ich liebe das Meer.

Ich erinnere mich an die Tage mit Mama auf Amrum, da war ich noch im Kindergarten. Und an die Urlaube in Italien. Und in Portugal! Egal wo, am Meer zu sein, ist einfach krass. Es liegt glitzernd da, ein unendliches, weiches blaugrünes Tuch, das sich sanft bewegt. Oder stürmisch, trotzig und stolz, wenn der Wind die Wellen hoch auftürmt. Immer dann, wenn du glaubst, nun alles gesehen zu haben, zu wissen, wie das Meer aussieht, überrascht es dich mit einem neuen Bild.

Kompliziert telefoniert

Heute laufe ich mit Yvi am Strand entlang. Ganz weit. Sie erzählt mir, dass Uwe und einige andere aus der JG diese Woche zum Campingplatz bei Ückeritz trampen wollen, das ist ein Kaff auf Usedom. Im Moment ist allerdings noch unklar, ob sie tatsächlich kommen, weil das Wetter nach wie vor frustrierend schlecht ist. Und mehrere Tage bei Regen im Zelt – das ist nicht so spaßig.

Auf jeden Fall hat Yvi ursprünglich vorgehabt, mit auf diese Tramptour zu gehen. Ich bin jetzt noch froh, dass sie nach dem Ausraster von Vati vor einer Woche diese Info nicht mehr angebracht hat. Das wäre sicher nicht gut ausgegangen. Zumindest verstehe ich aber jetzt, warum sie so schlecht drauf ist. Ich hoffe nur, dass sie in den nächsten Tagen halbwegs gelassen bleibt. Ich packe es gerade nicht auch noch, dauernd Stress in der Familie auszuhalten.

Yvi nutzt unseren Strandspaziergang, um auf dem Rückweg eine Telefonzelle an der Strandpromenade anzusteuern. Sie will Uwe anrufen. Das ist natürlich keine spontane Idee, sondern die beiden haben das bereits vor unserer Abfahrt nach Usedom verabredet. Telefonieren funktioniert in dieser Welt etwas anders als in meiner: Yvi und Uwe haben einen Termin für das Telefonat vereinbart – und zwar für diesen Montag, 14 Uhr. Zu der Zeit wird Uwe zu seinem Freund Carsten gehen. Dessen Vater ist Arzt, deshalb hat die Familie ein Telefon. Carsten und Uwe sitzen also an diesem Telefon (um den Anruf abzupassen). Yvi ruft von einer Telefonzelle aus zur verabredeten Zeit an. Dafür muss sie Folgendes vorbereiten:

Erstens: Sie muss wissen, wo eine Telefonzelle ist, die funktioniert (das hat sie wahrscheinlich gestern Nachmittag rausbekommen, als sie nach dem Streit mit Vati stundenlang draußen rumgestolpert ist).

Zweitens: Sie muss ihren Tag so organisieren, dass sie einige Minuten vor dem verabredeten Zeitpunkt dort ist.

Drittens: Sie muss darauf achten, dass sie genügend Kleingeld dabeihat.

Ich will mir jetzt nicht ausmalen, wie das Ganze noch nerviger wird, wenn entweder die Telefonzelle besetzt ist oder der Anschluss, den man anrufen will. Denn wenn man niemanden erreicht, hat man Pech gehabt – es gibt keine Anrufbeantworter. Unglaublich! Heutzutage erledigt man so was nebenbei mit ein paar Nachrichten am Handy ...

Jedenfalls kommt bei dem Telefonat raus, dass Uwe mit seinen Freunden morgen Abend auf dem Campingplatz ankommen will. Yvi gibt ihm die Adresse unserer Ferienwohnung. Ja, okay: Ich freu mich jetzt schon unfassbar darauf, wie begeistert Vati sein wird, falls Uwe morgen oder übermorgen hier auftaucht.

Ein Tag am Strand

Den Vormittag verbringe ich in ›meinem‹ Strandkorb und lese. Nachmittags gehen wir zu dritt – Yvi, Mutti und ich – am Strand spazieren. Barfuß im Wasser.

Dann essen wir im Restaurant auf der Seebrücke Kuchen. Nicht ohne vorher darauf zu warten, dass uns der Kellner einen Tisch zuweist. An so etwas wie »Sie werden platziert« kann ich mich einfach nicht gewöhnen. In dieser Welt musst du echt für alles anstehen und immer auf etwas warten. Und meistens ist das, worauf du gewartet hast, nicht mal besonders toll.

Abends laufen Yvi und ich noch mal zum Strand. Auf dem Rückweg treffen wir Uwe, der auf der Straße gegenüber unserer Ferienwohnung wartet. Yvi stürmt begeistert auf ihn zu.

Uwe hat es geschafft, sich beim Zeltplatz von jemandem ein Fahrrad auszuleihen, denn Ückeritz ist mehr als zehn Kilometer von Ahlbeck entfernt.

Ich hab zum Glück meine Tasche samt Tagebuch und eine warmen Jacke dabei. So kann ich eine Stunde schreibend im kleinen Musikpavillon an der Promenade überbrücken, während Yvi und Uwe noch einen Strandspaziergang machen. Leider kann ich ja schlecht ohne Yvi ins Zimmer – da bräuchte ich für sie schon ein sehr fantasievolles Alibi.

Sonne und Meer

Juchhu, heute ist endlich, endlich gutes Wetter! Ich habe mich bereits ein Stück weit ins Wasser gewagt. Bestimmt bleibt es jetzt warm und ich kann den Rest dieser Woche draußen sein. Zu viert in unserem tollen Zimmer rumzuhängen, ist nicht wirklich eine Alternative, vor allem, nachdem die Stimmung seit Montag so richtig klasse ist.

Schade, da das Wetter bisher so schlecht war, sind am Strand nicht so viele Leute. Es gibt zwar drei Mädels in meinem Alter, die ich mehrmals gesehen habe und die auch mit ihren Eltern hier zu sein scheinen, aber mir fehlte bisher der Elan, kontaktfreudig zu sein. So hänge ich die meiste Zeit mit Yvi rum – oder allein im Strandkorb, wie jetzt. Uwe und Yvi sind nämlich heute wieder zusammen unterwegs. Offiziell ist Yvi mit mir am Strand.

Mutti und Vati sind in ein Meereskunde-Museum in eine Stadt auf dem Festland gefahren – zum Glück! An der Strandpromenade von Ahlbeck wäre das Risiko recht groß, dass Vati und Uwe sich irgendwo über den Weg laufen.

Na bitte, da haben wir's

Ich liege auf meinem Bett (zum Glück hab ich das obere, wenigstens ein bisschen Privatsphäre). Im Zimmer hängt schwer unser Schweigen.

Und so kam es dazu: Wir sind heute Vormittag auf der Seebrücke unterwegs und natürlich kommt Uwe wieder auf seinem geliehenen Fahrrad an. Yvi klebt augenblicklich freudig an ihm. Leider nur bis zum Mittag.

Da sind nämlich Mutti und Vati zum Essen unterwegs.

Sie sehen Yvi mit Uwe. Ich chille eben noch im Strandkorb, als ich die Szene beobachte. Mutti zerrt Vati weiter, der am liebsten stehen bleiben und gleich lospoltern würde.

Wir schwänzen daraufhin das Mittagessen, denn weder Yvi noch ich verspüren genug Hunger, um das Unvermeidliche in Kauf zu nehmen und uns Vati zu stellen.

Nach zwei Stunden machen wir uns dann aber doch auf den Weg zurück zum Zimmer. Wir können schließlich nicht den ganzen Tag draußen rumhängen, ohne vorher Bescheid zu sagen. Zum Glück findet Uwe (so wie ich) Yvis Idee, mit Vati bekannt gemacht zu werden, nicht so grandios – er radelt schweren Herzens wieder davon. Da wir übermorgen sowieso schon wieder nach Hause fahren, verabreden die beiden, das Treffen morgen ausfallen zu lassen.

Für ein kleines Eis reicht unser Appetit dann doch noch. So laufen wir vor dem Zimmer auf. Mutti und Vati sitzen auf den Campingstühlen davor. Ich sehe auf den ersten Blick, dass Vati nur mühsam beherrscht ist. Keine Ahnung mehr, wer zuerst loslegt – Vati oder Yvi. Aber beide zetern natürlich gleich aufeinander ein.

Plötzlich klatscht es unvermittelt laut. Sowohl Yvi als auch ich erschrecken von dem unerwarteten Geräusch. Dann begreift Yvi, was tatsächlich geschehen ist. Ein roter Handabdruck beginnt sich auf ihrer Wange abzuzeichnen.

Einen Moment scheint alles zu schweben. In einem lautlosen, luftleeren Raum, atmen kann niemand von uns. Die Stille wird zerrissen, als Vati losschreit: »Ich hab dir gesagt, du sollst mit dieser Kirchenscheiße aufhören.«

Yvis Schokoladeneis zeichnet einen dunklen Klecks auf den Boden. Mühsam würge ich mein eigenes Eis runter. Ich versuche, Yvis Blick zu erhaschen und Vatis auszuweichen. Er tut mir leid, weil ich irgendwie auch verstehen kann, warum er ist, wie er ist. Aber vor allem macht er mir Angst, weil ich mehr als je zuvor das Gefühl habe, er könne jederzeit explodieren.

Ich denke an das Hochzeitsfoto von Oma und Opa, das Mama auch in ihrem Mädchentagebuch hat. Nun sehe ich ihn doch an: Die Lachgrübchen, die Vati als junger Bräutigam hat, kann ich noch erahnen. Aber ich sehe auch, dass sie seit vielen Jahren nicht mehr benutzt werden.

Dann fällt mir ein, wie ich vor einiger Zeit – das ist bestimmt schon ein, zwei Jahre her – einen Streit zwischen Mama und Opa Herbert mitbekommen habe. Es ging um irgendwelche Themen von früher, die ich immer sehr langweilig fand. Ich konnte ja nicht ahnen, wie nah die mir mal sein würden! Ich hörte also nicht so genau zu. Ich erinnere mich nur noch an das Gefühl, das ich hatte: Für mich schien Mama im Recht zu sein. Worum ging es nur?

Ach, jetzt weiß ich's wieder: Mama hatte sich mit einem Vorgesetzten angelegt, weil der ihrer Meinung nach eine Erzieherin aus ihrem

Kindergarten ungerecht behandelt hatte. Als wir kurz darauf bei Opa Herbert zu Besuch waren und er das zufällig mitbekam, regte er sich darüber auf: Was Mama einfallen würde, sie wüsste genau, wohin es führen würde, wenn man ständig die Klappe aufreißt, sich für andere Leute einsetzt und es sich dafür mit Chefs, Regierung oder anderen wichtigen Leuten verscherzt.

Ich war damals so stolz auf meine Mutter, fand sie rebellisch und heldenhaft! Dabei ist dieses Verhalten gar nicht ungewöhnlich für sie. Sobald sie Ungerechtigkeit wittert, geht sie auf die Barrikaden. Und gleichzeitig ist sie unglaublich brav. Wenn es gilt, irgendwo anzustehen, stellt sich Mama folgsam hinten an. Dabei hasst sie Anstehen! Wenn sie die Wahl hat, vermeidet sie es unbedingt – lieber verzichtet sie auf etwas, als dafür anzustehen. Wenn sie es aber doch tun muss, dann ist sie überkorrekt. Sich vorzudrängeln ist in ihren Augen nicht in Ordnung. Und so komisch es klingt, hinter ihrer Rebellion und hinter dem Überbravsein steckt wahrscheinlich ein und dasselbe Motiv: Sie will Gerechtigkeit. Wenn sich jemand vordrängelt, müssen andere deshalb länger warten.

Leider denkt kaum jemand so wie sie. Zumindest nicht in meinem wahren Leben. So ist Mama zum Schluss immer genauso die Einzige, die sich mit jemandem anlegt, wie die, die sich hinten anstellt und wartet, wartet, wartet ... Während alle anderen vordrängeln.

Wenn ich ihr das sage, meint sie nur: »Ja, aber wenn alle vordrängeln, nur weil's die anderen tun, ändert sich nie was.« Wenn sie als einzige hinten wartet, zwar auch nicht, aber egal. Das ist halt einfach die nervige Seite an Mamas übergroßer Begeisterung für Gerechtigkeit. Und hier, im Jahr 1984, zeigt sich, dass sie wohl schon als Kind so war: die schüchterne Rebellin am Ende der Schlange.

Tante Yvi ist auch ziemlich genau so geblieben, wie ich sie als junges Mädchen erlebe. Sie kämpft an derselben Front, nur deutlich lauter und auffälliger als ihre Schwester.

Wer weiß, was Mama damals alles in ihr Tagebuch geschrieben und danach wieder durchgestrichen, rausgerissen und vernichtet hat, damit ihre Gedanken und Gefühle geheim bleiben. Und wer weiß, was sie alles fühlte, und nicht einmal aufgeschrieben hat. Nicht in ihrem Tagebuch. Und auch nirgendwo sonst.

Ein heißes Gefühl der Liebe für beide durchflutet mich. Am liebsten würde ich hier und jetzt die junge Yvi in den Arm nehmen. Aber das würde komisch rüberkommen. Ich fühle mich Mama unheimlich nah und vermisse sie so sehr!

Beim Abendessen hocken wir alle vier schweigend an unserem Tisch. Mein Löffel klirrt leise im Suppenteller. Ich würde gern etwas über die Soljanka sagen (die Mutti besser gelingt als denen hier im Hotel). Aber mir fehlen die Worte.

Langsam wird es ruhiger

Irgendwie hat Mutti es geschafft, Vati wieder ein bisschen zu beruhigen. Keine Ahnung, wie ihr das gelungen ist!

Beim Frühstück ist die Stimmung noch ziemlich gedrückt. Aber danach legt Mutti Vati die Hand auf den Arm und meint lächelnd: »Wir gehen jetzt mal ein Stück zu zweit spazieren, komm.«

Zu meinem Erstaunen klappt das. Ich habe Gelegenheit, mich in Ruhe mit Yvi zu unterhalten.

»Bist du sauer auf Vati?« Ich kann nicht glauben, dass ich das wirklich frage. Klar ist sie das!

»Na ja, ich finde es nicht gerade toll, wie das gestern gelaufen ist. Aber er hat eben Angst um uns«, meint sie nur.

Das gibt's doch nicht: Yvi verteidigt hier wirklich gerade den Typen, der sie gestern geschlagen hat.

»Angst um uns? Und deshalb haut er zu?!« Ich schreie fast.

Yvi beugt sich zu mir. »Du weißt doch selbst, dass er ganz andere Träume hatte, als mal Abteilungsleiter in einem langweiligen Betrieb zu werden. Er wollte draußen unterwegs sein, durch die Gegend ziehen und wenigstens die Illusion davon haben, frei zu sein. Und er war ziemlich genau in meinem Alter, als er ein einziges Mal die Klappe zu weit aufgerissen hat. Von diesem Moment an ist für ihn alles anders gelaufen, als er es sich ausgemalt hatte. Das will er uns einfach ersparen. Am liebsten würde er uns bestimmt einsperren, um uns zu beschützen, in so einer

Art Rapunzelturm, auf dem uns niemand hört. Aber er muss eben damit leben, dass wir unsere Fehler selbst machen. Dass wir selbst ausprobieren, wie weit wir gehen können und was wir dabei erreichen. Vielleicht schaffen wir es, etwas zu verändern. Vielleicht auch nicht. Und dann kriegen wir eben auch den Hintern voll. Aber davor kann er uns nicht schützen. Mal sehen, vielleicht wird es später, wenn wir selbst Kinder haben, für uns ebenso das Schwerste überhaupt werden – dass wir sie ihre eigenen Fehler machen, alles selbst ausprobieren lassen. Auch all das, von dem wir dann schon wissen, dass es richtig daneben gehen kann. « Sie lächelt schief.

»Du wirst mal eine super Tante«, entfährt es mir. »Äh, für meine Kinder, meine ich. Und wahrscheinlich auch eine tolle Mutter!«

Ich finde es in dem Moment unglaublich schade, dass sie nie Kinder bekommen wird (jedenfalls hat sie mit über 50 noch keine, das weiß ich schließlich). Zum Glück weiß ich ebenso, dass sie eine sehr glückliche Frau werden wird. Sie wird sich in verschiedensten Berufen austoben und verwirklichen. In der Werbung, als Grafikerin, Modedesignerin, Illustratorin. Mittlerweile begreife ich auch, warum sie gleich nach dem Mauerfall begann, alles auszuprobieren, was es an Berufen gibt. Sie tut es noch.

Abends gehen Yvi und ich zum Meer, um uns zu verabschieden. Es sind nur ganz wenige Menschen unterwegs. Wir rennen am Strand herum wie zwei kleine Kinder. Dann ins Wasser. Brrhh. Eiskalt! Wir schwimmen prustend und lachend gegen die Wellen an. Und dann gemeinsam zurück ans Ufer.

Ich freue mich schon darauf, dass wir gemeinsam noch viele Strände sehen werden (ja, ich gehe im Moment ganz fest davon aus, dass ich es irgendwie schaffe, zurück in meine Welt zu kommen). Das sage ich aber jetzt nicht, weil es Yvi nur traurig machen würde. DDR-Menschen wissen, dass sie nicht mal bis zur Nordsee kommen werden, geschweige denn nach Italien, Portugal oder Frankreich.

Vorbei

Rückfahrt. Immer noch bedrückendes Schweigen. Auch wenn zwischen Yvi und Vati Waffenstillstand herrscht und scheinbar auch Verständnis – es ist etwas zerrissen. Und in Hohnberg warten auch nur all die anderen Probleme auf mich. Ich mag gar nicht an die Schule denken. Wie gern ich wieder zu Hause wäre! Mein Leben im Bayern des 21. Jahrhunderts kommt mir so weit weg vor. Das ist beängstigend.

Ich bin hier gefangen, in der Kindheitswelt meiner Mutter. Diese Welt ist fremd und alt, längst existiert sie nicht mehr. Die Leute erzählen von ihr, wie von einem Märchen eben.

Eines weiß ich aber nun ganz sicher: Es gab in dieser Welt keinen märchenüblichen Glanz. Definitiv gab es keine tollen Prinzessinnenkleider. Es gab vor allem furchteinflößende Ungeheuer, unsichtbar und bedrohlich. Und ich will nicht mehr spüren, wie eines dieser Ungeheuer mit uns lebt. Wie es mit am Tisch sitzt, wenn wir zu Abend essen. Es sitzt Vati im Nacken, der es seit unzähligen Jahren mit sich rumschleppt.

Es hat Mutti zum Schweigen gebracht. Man hört sie nur noch lachen, wenn sie glaubt, dass das Ungeheuer gerade fern ist. Das Gefühl hat sie leider nicht oft.

Es bringt selbst diejenigen zum Schweigen, die sonst die Klappe nicht halten können. Früher oder später lässt es jeden verstummen. Das wissen auch die, die noch nicht zum Schweigen gebracht worden sind.

Die Landschaft fliegt vorbei. Der Wartburg-Frosch hält diesmal die ganze Strecke ohne Zipperlein durch. Wir vier auch. Aber ich glaube, uns fällt es schwerer als ihm.

Beate

Heute kommt Beate und bringt Sancho zurück. Der ist total happy. Yvi dreht natürlich gleich eine Runde im Wald mit ihm.

Schnurz ist auch froh, mich wiederzusehen, und schmiegt sich schnurrend in meine Arme. Ich stehe mit Beate am Zaun, wir blicken Yvi mit Sancho nach. »Na, wie war der Urlaub?«, fragt Beate.

»Das Meer war toll.« Ich zögere. Dann sehe ich sie an. »Vati und Yvi haben gestritten.«

»Ja, das kann ich mir vorstellen. Seine Nerven liegen blank. Er hat es zurzeit nicht leicht.«

Ich wittere meine Chance. »Aber warum denn nicht?«

Sie blickt mich einige Sekunden lang schweigend an, bevor sie antwortet: »Du weißt ja, er steht im Betrieb immer auf der Abschussliste wegen dieser uralten Sache damals. Und im Moment scheint es wieder etwas zu geben, das bestimmte Leute dort stört. Ich hoffe, es hat nichts mit meinen Ausstellungen zu tun. In der Künstlergruppe gibt es gerade Ärger. Einige haben sich zu weit aus dem Fenster gelehnt. Bei mir auf der Arbeit hat es auch schon hohe Wellen geschlagen. Die wollen natürlich, dass ich mit dem Künstlerthema aufhöre. Ich weiß nicht, wie sehr sie es wollen. Also durchaus möglich, dass Herbert deshalb auch Stress bekommen hat.«

»Der Dachboden-Abend war cool. Aber warum hast du ihn gemacht, wenn es gerade so riskant ist?«

»Riskant bleibt es doch immer, wenn du dich einmal entschieden hast.« Tante Beates Lächeln erstirbt, bevor es richtig auf ihrem gesicht ankommt.

»Wichtig ist, dass du dir die Freiheit nimmst. Und nicht darauf wartest, dass sie dir geschenkt wird. Du hast die Wahl, ob du immer nur ein Opfer bleibst oder dein Leben selbst gestaltest. Sogar, wenn das nur innerhalb ganz enger Grenzen möglich ist. Du musst dir die Freiheit erkämpfen.«

Es scheint alles gesagt. Wir gehen zum Haus zurück. Beate umarmt Vati.

Sie muss den Kopf in den Nacken legen, als sie ihren jüngeren Bruder fragt: »Na, Kleener, alles in Ordnung mit dir?«

Sonntag, der 20. Mai 1984

Unglaublich ...

... aber wahr: Ich hatte doch tatsächlich mein Tagebuch zu Hause vergessen! Die Urlaubswoche war schön. Nur daß Vati und Yvi sich mehrmals gestritten haben, war nicht so toll. Zum Glück wurde aber das Wetter wenigstens noch gut, so daß ich viel am Meer sein konnte.

Schon wieder Ärger

OH. MEIN. GOTT. Yvi hat das Unmögliche getan und ist heute nach der Schule einfach länger in Wöbern geblieben, um zur JG zu gehen.

Spätabends höre ich den Schlüssel in der Haustür. Er dreht sich länger im Schloss, als man normalerweise braucht, um aufzuschließen. Auf einmal wird mir klar, dass Vati von innen abgeschlossen und den Schlüssel stecken gelassen haben muss, damit Yvi nicht unbemerkt reinkann.

Ich laufe leise aus dem Zimmer Richtung Treppe. Barfuß stehe ich auf halber Höhe zwischen Flur und erstem Stock, als Vati schon mit schweren Schritten zur Tür geht. Mist! Ich wage nicht, mich zu rühren.

Vati schließt auf. Ich kann beide nicht sehen, weiß aber genau, wie sie einander gegenüberstehen: Yvi mit hochgerecktem Kinn und funkelnden Augen, er mit versteinert zorniger Miene.

»Ich hatte dir verboten, hinzugehen!« Ich höre förmlich, wie sich in seiner Stimme eine Explosion ankündigt.

Yvi hört das offensichtlich nicht. »Ich weiß. Aber wir sind hier nicht in 'nem Gefängnis. Ich tu nichts Schlimmes, also muss ich mir nichts verbieten lassen.«

»Ich bestimme, was hier verboten ist! Verdammt noch mal. Halt deine große Klappe und wag das nicht noch einmal!«

»Vati, ich werde nächstes Jahr achtzehn. Dann kannst du mir eh nichts mehr verbieten. Und gäbe es Anschi nicht, würde ich sowieso gar nicht mehr nach Hause kommen, sondern in Wöbern bei Uwes Familie einziehen. Da gibt's nicht ständig so'n Affentheater. «

»Duuu ... « Weiter kommt er nicht.

Wie ein Schatten ist Mutti aus dem Schlafzimmer herausgehuscht. »Es reicht jetzt. Yvi, du gehst in dein Zimmer. Herbert, komm bitte rein. «

Beide sind in dem Moment mega überrascht, weil Mutti auf einmal so nachdrücklich klingt. Sie gehorchen ohne weiteren Widerspruch.

Erst als Vati im Schlafzimmer verschwunden ist, schleicht Yvi die Treppe hoch. Sie scheint nicht erstaunt darüber zu sein, mich zu sehen. Zumindest zeigt sie es nicht und zieht mich an der Hand mit nach oben.

Bin genervt

Britt ist unfassbar glücklich, weil dank unserer Lern-Aktionen ihr Englisch jetzt viel besser wird. Sie hat eine Eins bekommen.

Ansonsten gibt es heute nichts Aufregendes. Nur, dass wir die Mathe-Leistungskontrolle zurückbekommen. Ich habe eine Drei. Herr Brenner hyperventiliert fast, seine buschigen Koteletten sträubten sich. Es ist nur noch eine Frage von wenigen Schulstunden, bis ich Mamas früheres Streber-Image endgültig ruiniert habe. Mutti und Vati sind immer noch ziemlich angespannt. Ich habe überlegt, ob ich sie zum Laufen schicken soll. Vielleicht sollten sie die Gassi-Runden mit Sancho übernehmen. Zumindest ist das der tolle Geheimtipp meiner Mutter für Stresssituationen: Laufen. Sie meint, dass du das Adrenalin besser abbauen kannst, wenn du den Körper das tun lässt, was er in einer stressigen Situation will - nämlich entweder kämpfen oder rasend schnell weglaufen, auf jeden Fall sich bewegen, bis die Wut weggestrampelt ist.

Ich weiß nicht, wie man Vati und Mutti im Jahr 1984 helfen könnte, aber der Tipp, joggen zu gehen, würde wohl nicht besonders gut ankommen. Ich finde es ja selbst total blöd, wenn Mama mich dazu verdonnern will, zu »laufen, damit es mir wieder besser geht«. Denn mit diesem grandiosen Vorschlag nervt sie mich prompt immer in Situationen, in denen ich mich gar nicht bewegen will, sondern heulen, jemandem eine reinhauen oder aus der Haut fahren. So wie jetzt. Ohne dass ich weiß, warum.

Vielleicht bin ich nur meiner Zeitreise überdrüssig.

Ja, es gibt einiges hier, was gut ist. Die Leute fressen sich zum Beispiel nicht gegenseitig die wenige gute Schokolade weg. Und es gibt auch keinen Markenstress. Egal, welche No-Name- oder Billig-Klamotten du in der Schule trägst, es wird nie Probleme geben. Also: Ja, es gibt ein paar Vorteile, die ich mir vielleicht ein Stück weit auch in meinem Leben wünschte. Rechtfertigt das aber, dass die Menschen eingesperrt sind? Nach dem Motto: Ihr seid zwar alle im Gefängnis, aber auch hier gibt es schöne Momente?

Selbstverständlich spüre auch ich, dass die Leute irgendwie enger beieinander sind, als ich das in meinem richtigen Leben kenne. Und logisch, das ist wirklich richtig gut. Meistens jedenfalls. Aber WARUM sind sie enger beieinander?

Vielleicht vor allem deshalb, weil keiner wegkann? Ich weiß es nicht.

Okay. Das soll für heute alles gewesen sein, was ich an tiefsinnigen Gedanken loswerden musste.

Sprachlos

Tante Beate wurde heute gegen 17 Uhr etwa drei Kilometer von Wöbern entfernt an einem unbeschrankten Bahnübergang von einem Zug überfahren.

Sie war sofort tot.

Das ist ein schrecklicher Abend. Vati weint. Es verknotet mir das Herz, ihn so zu sehen.

Ich hätte nicht gedacht, dass ich mir das mal wünschen könnte, aber jetzt, in diesem Moment, wäre es mir so viel lieber, er würde rumschreien, ausrasten ... Ich wünschte, er würde etwas anderes tun. Etwas, das mich nicht so verdammt hilflos macht.

Mittwoch, der 23.Mai 1984

Tante Beate ist tot. Sie wurde heute von einem Zug überfahren.

PS.: Ich erinnere mich, dass diese wenigen Worte in den nächsten Tagen untergehen werden in einer einzigen schwarzen Seite mit einem grünen Herzen links unten.

Diesen Eintrag in Mamas altem Tagebuch habe ich nicht vergessen.

Keine Antworten

Britt und Nadine haben mich den ganzen Vormittag über immer wieder in den Arm genommen und getröstet.

War das ein Unfall? War es etwas anderes, das noch schlimmer wäre? Ich bin völlig leer, bis auf die immer und immer wiederkehrenden Sätze, die durch meinen Kopf spuken: *Wichtig ist, dass du dir die Freiheit nimmst. Und nicht darauf wartest, dass sie dir geschenkt wird. Du hast die Wahl, ob du immer nur ein Opfer bleibst oder dein Leben selbst gestaltest. Sogar, wenn das nur innerhalb ganz enger Grenzen möglich ist. Du musst dir die Freiheit erkämpfen.*

Niemals hat Tante Beate sich umgebracht. Das kann gar nicht sein.

Warum?

Heute nach der Schule sind Yvi und ich bei den Zumer Großeltern. Das ist ein bisschen wie Urlaub auf dem Bauernhof. Nur leider total traurig. Die Zumer Oma sieht ganz verweint aus, der Opa geht gebückt.

Yvi und ich streicheln den ganzen Tag Tiere. Am liebsten mag ich die Schafe. Sie sind verfressen und zutraulich. Leise blökend legen sie den Kopf an meine Hände, wenn ich sie kraule. Das gibt mir ein Gefühl der Ruhe. Wenn ich zwischen den Tieren stehe, fühlt sich die Welt für einen klitzekleinen Augenblick an, als wäre sie noch in Ordnung.

Alles an mir riecht nach weichem Schaf, als ich mich schließlich doch von der Weide zurück ins Haus schleppe. Der Schafduft hüllt mich ein. Aber er kann mich nicht schützen vor dem Schmerz in mir und um mich herum. Rot geweinte Augen und die Frage in den Blicken: »Warum?«

Das Ungesagte

Ich starre auf die Todesanzeige in der LVZ.

*Nach dem tragischen Unglück trauern wir um unsere liebe
Tochter, Schwester, Schwägerin, Tante, Freundin*

Beate Schneider

Du hast uns viel zu früh verlassen.

Darunter stehen mehrere Namen – von Beates Eltern, Vati, Ralf.

Unglück. Unglücksfall. Nichts von all den Fragen und Ängsten, die in dieser Familie rumgeistern – und in diesem ganzen kleinen, verqueren, engen Land. Nun tut man so, als wäre da nur ein kleiner, unbedeutender Fehler im System gewesen, der leider, leider einen Menschen ausgelöscht hat. Kann passieren, aber niemand kann was dafür. Schade, schade, allen tut's leid.

Den ganzen Tag schon fühle ich mich so, als müsste ich mich gleich übergeben. Aber für uns tun sich nun in dieser Welt jetzt gerade mal ganz praktisch wieder andere Probleme auf. Was anziehen? Nicht mal schwarze Strümpfe und ein paar ganz einfache schwarze Klamotten, die du zu einer Trauerfeier anziehen kannst, sind aufzutreiben.

Yvi hat zwar schwarze Klamotten ohne Ende, aber nichts davon würde Mutti für die Trauerfeier freigeben, alles viel zu auffällig. Also steht Mutti jetzt im Bad vor der Wanne. Darin befindet sich eine dunkle Brühe, in der diverse Kleidungsstücke schwimmen. Sie färbt mehrere Nickis und Hosen schwarz. Doch das ist mir gerade völlig egal. Ich verkrieche mich im Bett und kuschle mich an Schnurz.

Ein Tag voll gar nichts

Wir warten. Sind traurig. Und ich habe das ungute Gefühl, etwas rollt auf uns zu, das uns unter sich begraben wird.

Morgen möglicherweise.

Heute ist Tante Beates Begräbnis. Sogar hier im grauen Super-Sozialismus bekomme ich dafür drei Stunden Unterricht erlassen.

Der Tag beginnt schon so, wie man sich ein Begräbnis vorstellt (mir fällt jetzt erst auf, dass ich tatsächlich bisher noch nie auf einem war!).

Der Himmel sieht düster aus und ist wolkenverhangen. Dabei ist es fast Sommer. Gerade war es noch halbwegs warm, nun erinnert auf einmal alles an einen Weltuntergang. Wir passen perfekt zu der trüben Stimmung.

Nach der dritten Unterrichtsstunde gehe ich auf den Schulhof raus. Der Wind wirbelt ein paar Papierfetzen aus einem Abfalleimer auf.

Vati und Mutti kommen im froschgrünen Wartburg angefahren. Vati trägt einen von einem Kollegen geliehenen schwarzen Anzug, der schief sitzt und überall zu kneifen scheint (von dem Revers spreche ich jetzt nicht ...). Mutti steckt in einem dunkelgrauen Irgendwas, das ich bei näherem Hinsehen als einen Rock und eine zugeknöpfte Strickjacke identifiziere. Keine Ahnung, warum ich mich überhaupt damit aufhalte, mir über diverse Kleidungsstücke den Kopf zu zerbrechen. Vielleicht, weil es mich davor schützt, über das nachzudenken, was jetzt gleich kommen wird.

In Wöbern gabeln wir Yvi vor der Schule auf. Sie trägt eines ihrer selbstgenähten Outfits – offenbar hat sie sich gestern schließlich doch noch gegen Mutti durchgesetzt. Ich muss sagen, dass sie als Einzige von uns allen dem Anspruch in irgendeiner Form gerecht wird, der Toten die letzte Ehre zu erweisen oder etwas in der Art. Sogar ihre mit reichlich dunklem Kajalstift umrahmten Augen passen dazu.

Ich trage eins der von Mutti gefärbten Nickis und eine entsprechende Hose, eine der üblichen Ost-Jeans. Beides jetzt in einem verwaschenen Grauschwarz.

Mir geht es unfassbar elend. Dabei kannte ich Beate gar nicht so gut und lange. Wie muss es Yvi und Mutti gehen? Und Vati: Ihn zu sehen, in diesem Anzug und mit rotgeweinten Augen, das gibt mir echt den Rest. Irgendwo in mir drin taucht absurderweise immer wieder ein einziger Satz auf: ›Die Würde des Menschen ist unantastbar.‹

Keine Ahnung, warum er sich in meinem Kopf verfangen hat und dort immer weiter und weiter und weiter kreist.

Wir machen uns auf den Weg. In einem tristen Trauerraum im Friedhofsgebäude, das ein bisschen wie eine Kirche aussieht, spricht der Redner von einem »tragischen Unglück«. Keiner sagt was von einem Zug und viel Blut. Und davon, dass da möglicherweise ein Mensch in eine Mühle gekommen ist, aus der er nicht mehr rauskam. Kein Wort über ihre Bilder und Skulpturen. Kein Wort davon, wer sie war. *Du hast die Wahl, ob du immer nur ein Opfer bleibst oder dein Leben selbst gestaltest.*

Plötzlich bin ich nicht mehr überzeugt davon, dass Beate die Wahl hatte. Vielleicht hat sie sich geirrt?

Drei, vier unbekannte Leute stehen auch mit rum. Yvi wirft mir bedeutsame Blicke zu; sie denkt wohl wieder an die Stasi oder so etwas. Mir ist immer noch richtig schlecht. Vielleicht gehören die ja zu Beates Künstlergruppe, irgendwelche Leipziger. Vielleicht aber auch nicht. Wissen oder ahnen – was ist schlimmer?

Es hallt eigenartig in dem hässlichen Raum. Der Redner (der Tante Beate sicher noch weniger kannte als ich!) erzählt jetzt zumindest davon, dass sie ein fröhlicher, künstlerisch begabter Mensch mit vielen Plänen war. Dass sie sich immer für Gerechtigkeit einsetzte.

Plötzlich steht eine Freundin von Beate auf, Monika aus der Künstlergruppe. Ich erinnere mich an ihr Gesicht, ich habe sie auf der Ausstellung gesehen. Sie geht einfach nach vorn, der Redner ist sichtlich verwirrt. Dann sagt sie sehr ruhig und klar: »Ich möchte mich von Beate verabschieden mit einem Ausspruch, den sie sehr mochte. Er ist von Alfred Delp.« Sie blickt provozierend in eine Ecke, in der einige Leute stehen, die ich nicht kenne. »Wenn durch einen Menschen ein wenig mehr Liebe und Güte, ein wenig mehr Licht und Wahrheit in der Welt war, hat sein Leben einen Sinn gehabt.« Damit geht Monika zurück auf ihren Platz.

Vati sitzt neben mir, ich drücke seine Hand. Ihm laufen einfach so die Tränen übers Gesicht. Mir auch.

Dann ist es vorbei. Aufstehen, rausgehen.

Vati und Ralf laufen direkt nebeneinander aus dem Raum, und als Ralf sich zu ihm hinwendet, rastet Vati aus. Es trifft Ralf unvorbereitet. Er hat Tränen in den Augen und überall im Gesicht. Vati brüllt ihn an: »Du Arschloch, das hast du nicht umsonst gemacht ... «

Ich habe so krasse Angst, dass das Ganze hier komplett entgleist.

Da nimmt Yvi Vati am Arm. »Komm, Vati, wir gehen.«

Nun ist auch Mutti auf gleicher Höhe und berührt ihn an der Schulter. Es ist, als ob er aufwacht. Er dreht sich von Ralf weg und stürzt in Richtung Ausgang. Yvi und Mutti sind dicht hinter ihm.

Auch ich laufe ihnen nach, mit Blick zurück auf Ralf, der aussieht wie zerbrochen. Ich bin mir sicher, dass er nicht schuld an Beates Tod ist. Jeder, der ihn ansieht, weiß es: Für ihn ist das hier das Schlimmste, was ihm passieren konnte. Er hat alles verloren.

Ich weiß nicht, wie wir es schaffen, wieder nach Hause zu kommen. Vati fährt immer schneller. Wir brettern über die Schlaglochpiste, und kurze Angstattacken (bezüglich Vatis Fahrstil und unserer Sicherheit) lenken mich für Sekunden von der Trauer ab.

Doch schließlich sind wir zu Hause. Yvi und ich drehen eine Runde mit Sancho am Waldrand. Heulen immer noch - immer wieder. Essen eine Kleinigkeit.

Was für ein *Scheißtag* das war. Yvi und ich sind ganz leergeweint und sitzen in ihrem Zimmer auf dem Bett. Sie hat das Radio an. Irgendeine DDR-Gruppe singt, die Puhdys: *Was vom Leben bleibt und das Leben treibt, ist Unmenschlichkeit. Was vom Leben bleibt und das Leben treibt, ist Unmenschlichkeit.*

Yvi hört zu, immer noch mit nassen Augen, und schaukelt apathisch im Takt der Musik. Dabei steht sie eher auf Gerhard Schöne und Lindenberg (wenn schon deutsch). Und noch viel mehr auf The Cure und Madonna, Depeche Mode und Yazoo ...

Und mit denen geht es jetzt auch weiter: Yvi legt eine Kassette ein.

For the happy, the sad I don't want to be ... just another page in your diary ... singt Alison Moyet und wir singen mit. Immer lauter. Und lauter.

Wir singen. Wir SINGEN! WIR SCHREEEIIIEN!!!

Alles muss raus, die unfassbare Traurigkeit, dieses Erstick-Gefühl, der ohnmächtige Zorn, diese ganze verfluchte Angst ... und mitten in den Lärm hinein reißt Vati die Tür auf. Tränen in den Augen und eine riesige Wut in sich. Er brüllt hinein in unser Geschrei. Versteht nicht. Kann nicht aushalten, was wir da tun ...

DAS IST DER MOMENT.

Jetzt wo ich keine Idee mehr habe, wie ich aushalten soll, was ich fühle, weiß ich eines: Auch wenn 1984 niemand hier daran glauben kann – ich weiß, dass sich das alles verändern wird. Bald.

Es tut mir weh, dass du vorher so verzweifelt, traurig und absolut hoffnungslos gewesen bist, Mama. Das weiß ich, weil ich in diesem Moment am eigenen Leib erfahre, was du gefühlt hast.

Auf einmal spüre ich ein Kribbeln – überall.

Was ist das? Alles dreht sich ...

Ich liege auf dem Boden. Vor meinem Bett, aus dem es mich wohl rausgehauen hat.

Nicht vor dem Bett im Jahr 1984, sondern vor meinem eigenen geliebten Bett!

Mein Bett! Zu Hause!

YESSSS! ZU HAUSE!

Ich bin zurück! Jaaaaaaaaa!

Mister Moon maunzt empört und schiebt vorwurfsvoll seinen Kopf unterm Bett hervor, weil ich ihn geweckt habe. Ich blicke mich erleichtert um. Alles ist an seinem Platz.

Ich hoffe, ich bin genau im Moment meiner Abreise wieder hier eingetroffen, sodass ich von meinem Leben nichts verpasst habe. Keinen einzigen Moment meines Lebens. Keinen Moment mit meinen Freundinnen. Mit Tomek. Und keinen Moment mit meiner Mama, die ich jetzt *wirklich* kenne. Wir werden auch weiter streiten und ab und an sauer aufeinander sein. Aber ich weiß vor allem, dass ich immer ein Teil von ihr sein werde. Und dass sie für immer zu mir gehört.

Und wenn sie jetzt gleich in mein Zimmer kommt, um mich zu wecken und mir zum Geburtstag zu gratulieren, werde ich sie ganz fest umarmen und zwei Minuten lang nicht mehr loslassen.

PS.: Ja, und wenn Oma und Opa am nächsten Wochenende zu Besuch kommen, werde ich die auch mal wieder umarmen. Ganz fest. Und mir dann von Opa Herbert erzählen lassen, was er eigentlich alles so für coole Sachen gemacht hat, als er 14, 15 oder meinetwegen auch 17 Jahre alt war. Vielleicht werde ich mich auch mit ihm zum Angeln oder Pilzesammeln verabreden.

PPS.: Jaaaa! Mama hat mir eben einen Brief (!) von Tomek gegeben, den er in den Briefkasten geworfen hatte. Mit dem Vermerk ›*Erst am 22. Oktober öffnen!*‹. Darin war eine Einladung fürs Kino! Kino zu zweit. Also ein richtiges Date.

Und noch mal PPS.: Habe eben Wasi angerufen. Ja, er kennt mich noch. Wir treffen uns morgen Nachmittag, um meinen Geburtstag nachzufeiern. Das war Wasis Idee, der natürlich sofort wusste, dass ich heute Geburtstag habe.

Und den werde ich heute Abend wie geplant feiern: mit einer endcoolen Party im Hobbykeller! Logisch, dass Tomek dabei ist.

Einige Tage später:
Epilog oder so

Wenn ich heute darüber nachdenke: Im Grunde kann es diese Reise nicht gegeben haben. Es gibt ja die Theorie, dass eine winzige Veränderung im Ablauf eines Geschehens oder der Geschichte – so etwas wie der Flügelschlag eines Schmetterlings – alles verändern kann. Das würde bedeuten, jedes Wort, das ich anders als Mama damals gesagt hätte, hätte unweigerlich die gesamte Zukunft beeinflusst und verändert. Also kann ich da nicht wirklich hingereist sein.

Andererseits: Es gibt ebenso zahlreiche Theorien, die besagen, dass es ganz viel auf der Welt gibt, das wir niemals mitbekommen werden. Dass unendlich viel direkt neben uns abläuft, ohne dass wir es wahrnehmen können.

War ich also in einer Art Paralleluniversum? Oder habe ich alles nur geträumt? **Keine Ahnung!** Fakt ist: Es gibt dieses Tagebuch hier. Ich werde es jetzt beenden. Um ein neues zu beginnen, in dem ich meine eigene Geschichte aufschreibe – die Story von meinem Leben im Hier und Jetzt. Die werden meine eigenen Kinder dann vielleicht irgendwann mal lesen und mich bestimmt furchtbar altmodisch finden. Aber vielleicht werden sie mich auch sehr gut verstehen?

Ich konnte inzwischen mit Mama und Tante Yvi sprechen und habe sie nach Tante Beate gefragt – mit der Begründung, dass ich in Mamas Tagebuch von ihr gelesen hätte (habe bisher noch nicht riskiert, von meiner unwirklichen Reise zu berichten, aber das werde ich sicher noch. Mama wird es auf jeden Fall unfassbar witzig finden).

Mama und Tante Yvi erzählten mir, dass bis heute nicht geklärt ist, wie Beate umgekommen ist. Selbst Stasi-Akten über Beate waren nach der

Wende nicht mehr verfügbar. Ich erfuhr, dass tatsächlich viele dieser Akten damals im Herbst 1989 noch von Stasi-Mitarbeitern vernichtet wurden, weil die Angst hatten, man würde ihnen auf die Schliche kommen (die hatten also offensichtlich keinen großen Bock, nach Mamas Slogan ›lebe mit den Konsequenzen‹ weiterzumachen).

In der Familie sprach niemand mehr über Beate. Alle wollten das Schreckliche vergessen. Das verstehe ich. Aber ich weiß jetzt: *Ich will nicht vergessen*. Gar nichts von dem, was ich erlebe. Und auch nichts von dem, was ich auf meiner Zeitreise begriffen habe.

Ich will mir meine Freiheit nehmen.
Ich werde mir meine Freiheit erkämpfen,
wenn es sein muss.
Ich will zu mir selbst stehen
—und zu den Menschen,
die mir etwas bedeuten.

Bisher funktioniert das super:

1.) *Wasi* ist wieder mein Freund. Und mir ist es völlig egal, wie andere das finden. Wichtig ist nur: Wasi und ich finden es gut.

2.) Als *Tomek* und ich bei meiner Geburtstagsparty nebeneinanderstanden, hab ich ihm gesagt, dass ich ihn super finde. Und das bisher nur nicht sagen konnte, weil mein Herz jedes Mal verrückt spielt, wenn er bei mir ist. Seines auch, das hat er mir gesagt.

Das waren also meine Erfolge soweit.

Okay, und jetzt muss ich los. In mein neues Leben.

Danke

... für die Unterstützung, das Mitdenken, Mitfreuen und Grübeln! Allen voran Sofia, Greta, Gerald und Sven – wieder mal mittendrin, statt nur dabei.

Ganz lieben Dank allen, die sich zur Titelfindung, rund ums Cover und bei vielen anderen Themen einbrachten, etwa: Luis, Paul und Yvonne. Nici, Nicole und Johannes. Rolf und Bärbel. Calum, Bianka, Claudia, Annik. Sheyma und ihre Klasse. Elke und ihre Schüler:innen. Selin und Sinem, Bea und Lili, Heidrun und ihre Kinder. Mona, Julia, Tanja, Sylvia und Peter, Katrin, Aba, Uwe ... Danke.

Quellenangaben

Alle Zitate und Definitionen aus dem Kleinen politischen Wörterbuch:
Kleines politisches Wörterbuch, Dietz Verlag Berlin 1985,
Nachdruck der 4., überarbeiteten und ergänzten Auflage von 1983

Die Marx-Zitate auf der Wandzeitung:

Die herrschenden Ideen einer Zeit waren stets nur die Ideen der herrschenden Klasse.
Aus dem Manifest der Kommunistischen Partei Marx-Engels Werke, Bd. 4, S. 480

Die politische Gewalt im eigentlichen Sinne ist die organisierte Gewalt einer Klasse zur Unterdrückung einer andern. Aus dem Manifest der Kommunistischen Partei, Marx-Engels Werke, Bd. 4, S. 482

Die Philosophen haben die Welt nur verschieden interpretiert; es kommt aber darauf an, sie zu verändern. Aus: Karl Marx: Thesen über Feuerbach in Marx-Engels Werke, Bd. 3, S. 5ff (1845), 1888 durch Engels überarbeitet und erstveröffentlicht.

Die Auflistung der Jugendstunden orientiert sich an einem Jugendstundenteilnehmerheft aus dem Jahr 1983

Der Ausspruch, der auf der Beerdigung zitiert wird, ist ein Zitat von Alfred Friedrich Delp (1907-1945), einem deutschen Jesuiten und aktiven Widerstandskämpfer gegen den Nationalsozialismus. Es findet sich zum Beispiel hier: *www.alfreddelpschule.de*

Zeitfracht Medien GmbH
Ferdinand-Jühlke-Straße 7
99095 Erfurt, Deutschland
produktsicherheit@kolibri360.de